CHARACTERS

Berserker King

Profile

狂戰王

(16歲)

個性：有點中二，崇拜英雄
五官深邃，沒有笑容。由於眼神兇惡，看起來像是在瞪人，常常被找麻煩。身材強壯，有些傷疤，是個好戰之人。實際上是個聰明的好孩子，善於觀察。很怕姐姐。

Sniper of Aogelasi
CHARACTERS
Annabelle
Profile
安娜貝兒
(19歲, 大一)
個性：活潑開朗，糊塗愛笑的甜美系女孩。雖然和俞思晴沒見過面，但感情很好，時常一起玩各種遊戲。操作技巧普普通通，卻比誰都熱愛遊戲。

GOBOOKS
& SITAK
GROUP©

GOBOOKS
& SITAK
GROUP©

三日月書版

IV

遊戲製作

著 草子信

繪 arico

Sniper of Aogelasi

奧格拉斯之槍

輕世代

FW270

三日月書版

Sniper Of Aogelasi

奧格拉斯之槍

contents

楔子

Sniper of Aogelasi

俞思晴沒想到，事情竟然會變得如此棘手。

現在想想，一開始她的態度還能如此樂觀，實在有些愚蠢，連她自己都想回到幾分鐘前把自己打醒。

「現在該怎麼辦？」大神下凡問道。

現在他們三人加上需要被保護的水之精靈和受傷的哈比，躲在水岸地區邊緣的山崖處。

因為水岸地區已經湧入大量的幻武使，在這情況下要帶著傷患移動，實在有點困難，而且他們的位置已經曝光，移動的話反而更容易被圍捕。

但是，待在同一個地方也沒有好到哪裡去。

眼看著幻武使們朝這個方向前進，俞思晴悶悶不樂地垮下嘴角。

「雖然打算利用地形的高低差來爭取時間，可人數實在太多……」

待在高處不動，是她的主意，畢竟地圖是平面的，並不會將位置的高低顯示出來，所以她打算利用這點，讓其他幻武使無法判斷他們究竟在上面還是在地底。

可是，在人數過多的情況下，這個辦法能拖延的時間並不長。

盡早把四人找齊，送回奧格拉斯，才是最佳的解決辦法。

「巴雷特，保險起見我想先問問，水之精靈說過你有辦法送他們回奧格拉斯，

具體來說要怎麼做？」

俞思晴和巴雷特兩人躲在山崖上方的矮樹叢，利用高倍數的望遠鏡道具，監視水岸區的幻武使分布情況。

化成人形的巴雷特與她肩靠著肩，緊黏著她。

「打完四個地區王，就能解開雜訊區的地圖，妳還記得嗎？」

「我記得。」

「我可以改變雜訊區傳送點的目的位置，把他們四人送回去，前提是他們四個都得活著，否則傳送會變得不穩定。」

「……這種事情你做得到？」

「對現在的我來說，沒有不可能的事。」

露出自信滿滿的笑容，此刻的巴雷特確實與甦醒前有很大的不同。

該說他變得更帥氣，還是說他變得比以前更吸引她？

俞思晴不自覺地臉頰泛紅，垂下頭。

「水岸地區的幻武使人數太多，我們得想其他辦法先把水之精靈和哈比送走，最快的方法是讓大神下凡跟小無護送他們離開，但這樣會出現新的問題。」

「地區王的位置被直接標示出來，就算要護送他們離開，其他幻武使也會追上去。」

「嗯。」俞思晴嘆口氣，苦惱不已，「該怎麼辦才好……」

就在她眉頭的皺紋都快擠出印子的時候，拍翅聲響從兩人頭頂傳來。

巴雷特和俞思晴很有默契地抬起頭，訝異地眨眼。

「嗨。」毛茸茸的小蝙蝠向他們打招呼。

「薩維弩！」俞思晴眼睛一亮，從樹叢裡站起，迅速把小蝙蝠抓進懷裡緊緊抱住，「太好了，你沒事！」

「咳、咳咳！我、我快窒息……」

沒注意力道的俞思晴，直到聽見哀號，才回過神來。

「抱歉！」她匆匆忙忙地把小蝙蝠捧到自己眼前，「看到你我太高興，一下子不小心。」

正慶幸自己還活著的薩維弩，感覺到來自身後的刺人視線。

牠的背好痛。

「巴雷特，我是來幫忙的，很快就走。」

薩維弩拍著翅膀，從俞思晴的掌心飛起，取而代之的是，俞思晴的手中多了個白色天使雕像。

「這是繆思大人要我送過來的，至於作用……我想妳應該知道。」

「繆思沒事嗎？」俞思晴鬆口氣，聽到他安然無恙，懸著的心總算能放下。

「妳不用擔心繆思大人，先好好考慮，該怎麼處理眼前的狀況。」薩維弩說完，面前便出現漩渦，「我跟繆思大人一直都在注意你們，有什麼事，我會再來的。」

說完，薩維弩便鑽進漩渦，消失在兩人面前。

巴雷特拿起躺在俞思晴手中的雕像，笑了笑。

「看來我們的煩惱已經解決了。」

「嗯。」俞思晴也露出笑容，「我們趕快去和大神下凡他們會合吧。」

不得不承認，雖然繆思像個偷窺狂監視她，但有他當靠山，確實讓人放心不少。

「一定要順利解決這件事，絕對不能讓組織的人趁心如意。」

俞思晴自信滿滿地握緊拳頭，見到她那帥氣又閃閃發光的表情，巴雷特忍不住將手撫上她的額頭，往她的臉頰親過去。

俞思晴因嚇一跳而露出臉紅害羞的困擾表情，可愛到讓他永遠不會膩。

「你你你、你又——」

「那下次換小鈴。」

「什、什麼？換我做什麼？」

巴雷特用食指點點自己的臉頰，「下次換妳給我一個吻。」

俞思晴張大嘴，啞口無言。

真的不是她的錯覺！巴雷特的進攻方式越來越露骨了！

「巴、巴……」

「就這麼說定了哦。」

不給她機會拒絕，巴雷特腳底抹油，溜為上策。

獨留俞思晴一人羞澀地嘟嘴，就是沒辦法生他的氣。

第一章　叛徒與英雄（上）

Sniper of Aogelasi

薩維弩送來的雕像，是之前在奧格拉斯見過的結界道具，只要使用它，就能阻斷水之精靈和哈比與遊戲間的聯繫，隱藏他們的行蹤，系統也會判定他們已被殲滅，不再進行追捕。

俞思晴將攜帶型的雕像藏在哈比的衣服裡，水之精靈也躲在裡面，由大神下凡和無緣人負責護送，先前往下一個地區。

而水岸景點的地區王，則是由巴雷特和俞思晴負責。

兩組人分頭行動，比他們一起行動來得方便，但大神下凡多少還是有些擔心。

『隨時開著隊伍頻道，有狀況絕對要告訴我們。』

『我會的，你們也要小心。』

在隊伍頻道裡承諾大神下凡後，俞思晴和巴雷特依照地圖顯示的位置，加緊腳步。

目前大部分的玩家都聚集在山崖處，落單的地區王附近，人數應該不會這麼多。

可是當她移動到座標位置附近時，從高處往下看，無奈地嘆了口氣。

看來是她把事情想得太簡單了。

「小鈴，這下該怎麼辦？」巴雷特皺眉。

「呃、讓我想想……」

留在這附近的玩家，竟然比包圍山崖的還要多，難道大家都想先從落單的下手？事情變得棘手，俞思晴不得不重新思考方案。

腦袋裡還沒想法，身旁的巴雷特就感覺到有人接近，突然變回白色狙擊槍，落在她懷裡。

俞思晴先是一愣，接著便聽見身後傳來熟悉的聲音。

「啊，果然是妳。」銀從樹後面走出來，面帶微笑，「我就覺得好像看見妳往這個方向走，看來我沒眼花。」

沒想到會在這裡遇見銀，俞思晴只好故作鎮定，將狙擊槍揹在身後。

「你也是來打落單的地區王？」

「不太算，耀光另外分配任務給我。」銀搔搔頭髮，尷尬地笑著，「耀光把公會成員組起來，和其他結盟的公會共同合作，解決這次的任務。」

「結盟的公會……原來如此。」

俞思晴小聲重複，總算明白為什麼會遇見他。

看來耀光精靈是讓他們四個公會個別對付一個地區王，既然銀在這，就表示新傳說聯盟負責的，是水岸地區的王。

地圖上標示的位置，並沒有附上中文說明，哪個點顯示的是哪個王，在沒有見到之前是不可能知道的。

簡而言之，新傳說聯盟在標示出現以前就已經找到水岸地區的王怪位置，所以他們才會出現在這。

這下頭疼了，她要怎麼在公會成員面前把人救走？

「耀光說一直聯繫不上妳，她很擔心哦。」銀沒留意俞思晴露出的複雜神色，毫無戒心地和她搭話。

俞思晴停頓三秒，開口回答：「抱歉，我和其他朋友有約，有點事……」

「沒關係，我能明白。」銀邊說邊雙手扠腰，沉重嘆息，「其實我本來也和妳一樣，打算脫團行動，可還是被耀光抓回來。」

「你也是？」

「嗯，我和鈴音小姐有約。」銀說完，又慌慌張張地解釋：「啊！只是一起逛逛而已，不是約會，也沒有別的意思。」

他不知道自己為什麼會如此緊張地向俞思晴解釋，雖然他跟鈴音就是來約會的沒錯，但說也奇怪，他並不想讓俞思晴知道。

俞思晴眨眨眼，忍不住笑著說：「別這麼緊張，你想追鈴音小姐的事，大家都知道。」

「說的……也對。」銀尷尬地別開眼，這句話他已經聽耀光精靈說了好幾百次，都沒有特別的感覺，但從俞思晴口中說出來，反而讓他心裡悶悶的，難受不已。

難得耀光精靈給他機會，讓他和心儀已久的鈴音獨自前往下個地圖，看管傳送點，可他卻在半路瞥見俞思晴匆忙的身影，拋下鈴音追過來。

他真是個糟糕到極點的男人，這下鈴音肯定不會原諒他。

但在見到俞思晴的瞬間，卻又沒那麼沮喪了，異樣的感覺讓他的腦袋一片混亂，連他也不懂自己到底想做什麼。

「鈴音小姐呢？」俞思晴左顧右看，「你們沒一起行動？」

她不認為耀光精靈會故意把兩人拆散，從她的角度來看，耀光精靈雖然對銀有意思，卻仍有意撮合兩人。

耀光精靈的做法她不是很理解，可是她也明白自己不該干涉太深。

銀像被提起心虛事，嚇得寒毛直豎，不停冒冷汗。

「呃、這個……因為我想說好不容易找到妳，所以沒想太多，直接追過來……」

「你居然拋下女孩子。」俞思晴對他投以憐憫的目光，「你趕快回頭去找鈴音，要是給人家留下不好的印象就糟糕了，會長那邊我會找時間聯絡她的。」

說完，俞思晴便急急忙忙地要離開。

見她要走，銀一時情急，抓住她的手腕。

「等、等一等！」

俞思晴被他的動作嚇了一跳，驚訝地轉過頭，對上他的視線。

銀張著嘴，不知道該說什麼，握著她的手卻越來越緊。

「……銀？」

「唔、呃……我、我跟妳一起行動。」

「咦？」

沒料到銀竟然會選擇她而不是鈴音，害她心跳加速，不知道該作何反應。

難道，銀已經察覺鈴音不是他在找的人？

想到這個可能性，俞思晴心虛地低下頭，沉默不語。

兩人之間的氣氛頓時變得有些詭譎，為了打破這尷尬的場面，銀只好先開口。

「我沒有其他意思，妳別誤會，只是我沒辦法放妳一個人。」

「你擔心我會不聯絡會長嗎？」

「要是妳想聯絡，也不會讓耀光找不到人。」

銀一語道破，讓俞思晴找不到反駁的機會。

她無奈嘆息，只能選擇投降。

「好吧，跟我來。」

她背上的巴雷特微微一抖，沒想到俞思晴竟然這麼容易就妥協。

『小鈴，沒問題嗎？』

俞思晴沒有回答他的問題，只是和銀併肩走著。

兩人沿著山路走到頂端，從這裡能看見地圖全景，也能清楚捕捉到地區王的位置。

那是個深不見底的地洞，大概有一個運動場大，奇怪的是，即便從頂端看，也無法看見底下有什麼。

漆黑的影子彷彿結界一般隔絕視覺，不管用什麼角度或方法，都無法照亮地洞。

在山腰勘查地形的時候，她就覺得有些奇怪，沒想到竟然會有這麼令人費解的神祕地洞。

「看來是個死胡同。」她感慨地說。

「似乎進不去。」銀發覺有不少玩家在附近徘徊，再遠一點的地方，就是耀光精靈和其他公會成員。

耀光精靈正在和其他玩家交談，看來他們都對這個地洞沒轍。

「雖然知道位置，但卻沒有進去的辦法，所以玩家大多逗留在附近商討辦法，會長他們也是其中之一。」

俞思晴指著漆黑的地洞，有幾個玩家走過去，想使用招式破壞洞口，卻都徒勞無功，敗興而歸。

「沒有其他出入口嗎？」銀問道。

「我也不敢確定，至少目前來說沒有看到其他可能性。」俞思晴四處張望，只見耀光精靈已經開始急躁地跳腳。

「看得到卻打不到，真讓人心癢難耐。」銀也一起欣賞耀光精靈焦急的模樣，站在這光明正大地窺視，還挺有趣的。

「確實如此。」俞思晴摸著下巴，心裡卻在思考其他問題，「人數減少的原因好像也是因為這樣。」

她注意到有幾組玩家轉身離開，打算放棄這個奇怪的地區王。

但是對她來說，人數變少並沒有比較好，這表示大神下凡他們的對手會增加，對他們的護衛行動只有壞處。

「我打算靠近一點，從這裡看找不到什麼線索。」

俞思晴縱身一躍，沿路踩著凸出的岩石，迅速前往地洞位置。

銀一方面擔心俞思晴，一方面無奈地雙手扠腰，盯著她靈巧的身影。

果然被他猜中，她根本沒有跟耀光精靈會合的意思。

俞思晴雖然不太喜歡團體行動，但自從奪地盤和攻城戰之後，她也漸漸開始參加公會聚會，還以為她終於比較喜歡跟其他人一起玩遊戲了，沒想到還是老樣子。

想歸想，銀還是跟上前。

他的速度不比俞思晴慢，很快便與她並肩。

「妳該不會打算單刷地區王？」

「我只是勘查而已。」

銀見她嘴硬不承認，便無視她的解釋。

「再怎麼說，妳想單刷地區王怪還是太勉強，我的直覺果然是正確的，不看著妳不行。」

銀說的話，實在讓她沒有理由拒絕，加上遇見銀這件事，出乎意料之外，讓她有些措手不及。

不管她說什麼，銀都不會放棄跟著她。

「……明明只要待在鈴音身邊就好。」她小聲咕噥著。

沒想到銀的耳朵比她料想得還要敏銳，一臉驚訝地轉過頭來盯著她看。

「妳……」他眨眨眼，半信半疑地問：「是在吃鈴音小姐的醋？」

出乎意料之外的誤解，讓俞思晴漲紅臉，連忙否認，「才不是！」

但她的反應卻讓銀跟著臉紅，僵硬地轉移視線。

「抱、抱歉。」

照這樣子來看，銀絕對是誤會了！

眼看事情就要朝更棘手的方向發展，俞思晴急忙停下腳步，想要解釋清楚。

然而不知為何突然踏空，整個人往後傾倒。

「嗚哇！」

身體向後墜落的不安感，讓俞思晴的心臟差點漏跳一拍。

銀見狀，立刻使出「疾步」，在半空中橫抱住俞思晴，雙膝彎曲，安然無恙地落地。

「小心點，這附近的地形有許多高低落差。」

「謝、謝謝。」俞思晴縮在他的懷裡，身體僵硬，不敢亂動。

被銀碰到的地方，好熱。

是因為剛剛發生了那種尷尬的情況，所以才會變得如此在意？

「咦？這裡……」銀沒有注意到她的表情，更沒察覺自己應該先把人放下來，眼前的景色吸引他，讓他目不轉睛地盯著前方。

俞思晴好奇心地順著他的視線看過去。

他們這個位置，正好是山壁間的小階層，往下就是海岸沙灘，可以說是欣賞大海的最佳地點。

在海的中央有座不起眼的小島，長滿樹叢，連能上岸的地方也沒有，根本不會有人多看一眼。

然而，從這高度能夠透過清澈大海，看見小島正下方的巨大海溝。

「又是地洞。」銀歪頭思考，「在這麼近的地方，竟然有兩個差不多大小的地洞，妳不覺得非常值得調查嗎？」

他垂眼詢問懷中的人，同時回過神來，察覺自己還把人抱著這件事。

銀嚇得兩手顫抖，想放手卻又捨不得，再說這地方只能容納一人，沒地方讓俞思晴站。

見他緊張得直冒汗，俞思晴的態度反而不慌不忙。

「……總之，我們先下去吧。」

這高度就算跳下去也不會掉ＨＰ，如果他繼續這樣抱著自己的話，才會讓她狂掉ＨＰ。

銀同意她的說法，跳到沙灘，將人放下。

俞思晴迅速換裝，改穿上彩色圓點圖樣的白色泳衣。

「我去看看，銀你在這——」

話還沒說完，她就看見銀已經換好泳褲，露出強壯的胸肌與身材。

「我也去。」銀笑著對她說，似乎已經打定主意，絕不被她甩掉，「妳就別再打著單獨行動的主意，我說過會跟著妳。」

俞思晴雖然無奈，但也沒藉口拒絕。

水岸沙灘沒有其他玩家，獨占穿泳裝的俞思晴，銀相當開心。

當然，他根本沒把身為武器ＡＩ的巴雷特放在眼裡，更不用說現在他還是武器模樣。

銀露出自豪表情的模樣，看在巴雷特眼裡，升起一股想要虐殺他的衝動。

「妳別在別的男人面前穿這麼少布料的衣服。」

「這是遊戲內設置的泳裝，要是不這麼穿，我沒辦法潛入海底。」

俞思晴很清楚巴雷特為什麼會這麼說，她也注意到銀的心情非常不錯。

深怕跟銀有過多交集，會讓他懷疑自己是他要找的人，所以俞思晴盡可能不和銀一起玩遊戲，這次真的只能說是她運氣不好。

希望能夠順利瞞過。

否則，她要擔心的事情，又增加一條。

俞思晴和銀游到小島附近，這座島周圍沒有讓人登入的地方，他們只能泡在水裡。

腳下的深黑空間，讓人感到不安，這裡的海水似乎受到地洞的影響，比沙灘附近還要冰冷。

「你的角色能潛水多少時間？」

「大概五分鐘。」銀回答，「我有解過增加氧氣條的支線任務，所以氣比較長。」

「我也是，那個任務很有趣。」

「這點我同意，雖然增加氧氣條的技能沒有什麼太大作用。」

「所以遊戲公司才會利用有趣的任務內容，來吸引玩家。」

「挺有趣的不是嗎？」

「嗯，是很好玩。」

若不知情的話，俞思晴的心情應該會很好，可想到奧格拉斯組織，她就沒有辦法放寬心看待這款遊戲。

對她來說，這已經不是單純的遊戲，而是現實的生死戰。

即便現實世界的她有著與「泡泡鈴」差不多的角色數值，但這也表示，她已經不能算是「正常人」，更不用說，事情結束後，她就得和巴雷特一起前往異界生活。

而那個異界，正瀕臨滅絕。

「妳看起來不是很高興。」與其說銀善於觀察，倒不如說，現在俞思晴的表情非常好猜。

她心裡煩惱的問題，早就直接表現在臉上。

「沒、沒有的事。」俞思晴心驚，她不想被銀察覺自己的異樣。

可是已經晚了一步，銀的目光，已經鎖定在她身上。

俞思晴深吸口氣，迴避他的眼神，潛入海中。

銀也跟緊跟在後。

即便在下潛中，俞思晴都能感受到來自身後的視線，真是糟糕。

她明明不想讓銀懷疑的。

兩人鑽入漆黑的地洞，俞思晴叫出螢光蟲，並套上防護用的泡泡，讓牠能在海底行動。

倚靠螢光蟲的亮光前進，地洞內的溫度果然比海面還要低很多，越往裡面游，就越能感受到冷冰的海流捲住手腳，讓人越來越難行動。

氧氣條的時間已經所剩無幾，若不返回的話，他們就會溺死在這裡。

銀原本想說俞思晴會回頭往海面游，但她完全沒有這個意思，一直深入下潛。

「等……再下去的話，我們會來不及回海面的！」

氧氣條消耗完之後，系統會自動開始扣ＨＰ，而且速度相當快。

俞思晴不可能不知道這點，可她仍然頭也不回。

銀沒辦法，只好硬著頭皮跟著，但隨著氧氣條漸漸消耗，看不見盡頭的漆黑空間，讓他越來越不安。

突然，在前頭探路的俞思晴折返回來，朝他勾勾手指，示意他跟上。

銀半信半疑地游向她，「妳發現什麼？」

俞思晴露出開心的笑容，將螢光蟲收起。

一瞬間四周被黑暗吞噬，銀嚇了一跳，但他的手卻被俞思晴緊緊握著。

「別急。」耳邊傳來俞思晴的聲音，加上交握的掌心，銀才確定俞思晴還在身邊。

他鬆口氣，「妳在打什麼主意？」

「氧氣條還剩多久？」

「不多了，現在要回頭也已經來不及。」

「雖然是我的猜測，但我以前玩過的遊戲裡，曾有過一個設定。」

「設定？跟妳頭也不回地下潛有關？」

「嗯，這設定有點類似賭博，不過告訴你一個好消息，我從來沒有賭輸過。」

銀瞪大眼，彷彿在伸手不見五指的黑暗中，看到俞思晴的甜美的微笑。

不知不覺，兩人的氧氣條已經歸零，血條卻不受影響，也沒有死亡回到重生點，仍舊泡在海水裡。

「……果然。」俞思晴低沉的聲音傳來。

銀還沒搞懂她的意思，就看到前方有個小白點朝他們游來。

直到牠靠近，銀才看清楚這個小白點原來是條全身發光的魚。

光芒落在兩人身上，銀終於見到俞思晴的臉，以及那隻被她握緊的手。

與她牽手的感覺很舒服，銀有點不想放開，正巧俞思晴也沒發覺這件事，正認真地打量這條魚。

「唔嗯……是和螢光蟲類似的道具嗎？」

「也許是海底專屬，畢竟螢光蟲不能在海中使用。」

「用我剛才的辦法多少能讓螢光蟲當海底探照燈，但螢光蟲會變得無法自由行動，換作是這條魚的話，就沒有問題了。」俞思晴兩眼發光，「好想要牠！」

小魚似乎感覺到俞思晴正用盯著獵物的表情瞄準自己，不由得慌張起來，連忙掉頭逃跑。

「啊！等等！」俞思晴正想追過去，卻發現自己被拉住。

低頭一看，才發現兩人的手還緊緊握著。

「呃！抱、抱歉！」俞思晴慌慌張張地把手鬆開，可銀卻強硬地拉著她。

「那個……銀？」她小心翼翼地低頭觀察銀的表情，銀這才匆匆放手。

「你沒事嗎？」俞思晴並不覺得奇怪，只是單純覺得自己賭得太大，害銀不安。

「沒、沒事。」銀勉強露出笑容，「說起來這邊似乎比剛才還要亮許多。」

「這麼說，確實。」被銀提醒，俞思晴這才注意到，明明發光小魚已經離開，但他們周圍卻還是很亮。

深黑的空間，漸漸透入光芒，兩人的視線內，慢慢出現清晰的背景。

原來他們在不知不覺中，來到海溝深處的一座荒廢遺跡。

不遠處有強烈的光線透入，看起來像是水面。

他們互看一眼，決定過去看看。

「太好了，終於不用繼續泡在海水裡。」俞思晴開心地撐起身體，坐在石階上，「不過這裡竟然會有空間……真令人意外。」

「而且我們似乎來到了不得了的地方。」迅速換上裝備的銀，隱約覺得有人在暗處盯著，便拔出長劍。

俞思晴還在擰乾長髮，側眼朝裡面看。

就像銀說的，這裡是個入口，就像探索古代遺跡，石門兩側有著放滿柴火的臺柱，燃燒著青色火焰，根本就像是恐怖片。

「超級不想進去……」俞思晴起身，將裝備重新換上，揹著狙擊槍來到銀身旁，「難道說這裡就是地區王怪的藏身處入口？」

「我也不清楚，在黑暗中根本沒有方向感可言。」

「這樣就只能進去看看。」俞思晴實在不想踏入，總覺得會出現很多陷阱。

現在她倒是覺得讓銀跟過來實在太好了，只有一個幻武使，要探索這個地方可能有些困難。

「銀，在我用偵查技能調查的時候，你能負責保護我的安全？」

「包在我身上。」

俞思晴點開技能，左眼染上金色，視覺內出現鎖定鏡頭，可以穿透牆壁看穿眼前的路線。

在沒有地圖的地方，這項技能相當好用，不過這是槍族的專屬技能。

「裡頭有不少主動怪，銀你小心點。」

「嗯，我在前面走。」

遺跡內比他們想的還要明亮，視線沒有問題。

只不過，在沒有地圖，又可能出現陷阱的地方，他們必須小心移動。

正如俞思晴不久前的宣告，沒過多久就遇見許多白色狼怪。

雖然在銀的協助下，很輕鬆就解決這些白色狼怪，但俞思晴的臉色卻越來越沉重。

「巴雷特，這裡該不會是……」

沉默不語的巴雷特終於開口：「是緹絲蒂娜的惡魔副本地圖。」

「也就是說，水岸區的地區王是小白狼？」

女神事件後，她就再也沒見到白色巨狼，沒想到會在這種情況下重逢。

而且，緹絲蒂娜的惡魔竟然是水之精靈的伙伴，同時也是他們要救的對象。

「要怎麼做？」

巴雷特很明顯是針對銀提出這個問題。

俞思晴有些懊惱，「巴雷特，你能單獨行動嗎？」

「可以是可以……」巴雷特雖然這麼說，但口氣聽起來不太高興，「小鈴妳是打算故意支開我，好讓妳跟那名幻武使獨處？」

酸溜溜抱怨完之後，巴雷特果斷拒絕：「絕對不要。」

俞思晴早料道他會這麼說，「早點找到白夜，我們就能早點離開，不然這樣下去，我跟他相處的時間會越來越長，而你只能在旁邊看，這樣好嗎？」

她的話讓巴雷特動搖不已，沉默幾秒鐘之後，巴雷特悄悄變回人形，從背後抱住俞思晴。

感覺到他的體溫，俞思晴雖然有點害羞，卻還是沉溺其中。

「我會盡快找到白夜，回來跟妳會合。」

「嗯。」

巴雷特留下這句話，躲進角落的黑影處，消失不見。

俞思晴鬆口氣，正巧這時在前方清完怪的銀已經往回走。

「附近的怪已經被我清除完，應該暫時沒有危險。」

「謝、謝謝。」俞思晴露出善意的微笑，「那麼我們繼續往前走。」

俞思晴故意將銀帶往反方向。

「我還以為在發生之前的 BUG 狀況後，遊戲公司就把這個副本刪除，沒想到竟然留在這。」

女神事件後，緹絲蒂娜的惡魔副本也被封鎖，由於這是等級較高的副本，所以當時還沒有玩家接觸過，因此這個副本的存在，就被大家當成神祕故事謠傳。

她也沒想到會出現在這裡，抑或者……白夜躲在這個地方，所以想要「處理掉」牠的奧格拉斯組織，才會故意把這塊地圖劃入這次的活動區。

「而且還把入口藏在這種地方，就像妳說的，如果沒有勇氣賭一把，還真進不來。真不明白遊戲公司在想什麼。」

銀的抱怨並非沒有道理，只是俞思晴也不能說什麼。

「進入的條件大概是要消耗完氧氣條，我是這麼猜測的，因為以前玩的遊戲也有過類似的設定。」俞思晴想起自己上款玩的遊戲，也曾有過相似的做法。

瞞著對方祕密，真的很難，尤其是面對銀這樣聰明的玩家，她很怕露出馬腳。

忽然，銀停下來。

俞思晴往前走了幾步，才發現他沒跟著，好奇轉身。

銀嚴肅的表情，讓她身體變得僵硬，感到心虛。

「銀？」她膽怯地出聲詢問，「怎、怎麼了嗎？」

「從遇到妳開始，我就覺得妳有什麼事瞞著我。」

被銀銳利的目光刺得很痛，害她一時不知該怎麼回答，張開嘴卻發不出聲音。

「妳很冷靜，好像在思考什麼問題，看法也跟大多數的玩家不同。」

「呃、謝謝誇獎？」

「我所知道的妳，應該更專注於解任務的樂趣才對。雖然我知道這麼說很狂妄，我們也才相處不到一個月的時間，但——」銀皺起眉，伸出手指推了一下眼鏡，把差點脫口而出的話吞回肚子裡。

「我跟耀光不同，知道有事情讓妳心煩，如果可以，希望妳能告訴我。」

俞思晴睜大眼睛，銀說的話，彷彿暗指他已經察覺到自己正在尋找的、帶有「鈴」字的玩家，是她。

如果不是的話，為什麼銀的表情會如此痛苦？

「……為什麼你總是顧慮我？」回過神來，俞思晴發現自己竟然開口反問對方。

她嚇得摀住嘴，卻已經來不及。

銀也驚訝地看著他，臉上多出一絲尷尬。

「現在這裡只有妳跟我而已，不然這些話要是被耀光聽到，肯定又要來亂。」

銀嘆口氣，打算和她坦白，希望藉由這個方式，讓俞思晴信任他，「其實我自己也不清楚，我來這款遊戲是想找人，雖然我心裡已經有可能人選，但我還沒有勇氣向她確認……」

俞思晴知道他在說鈴音，但想在網路世界裡尋找真實、誠懇的答覆，銀也真夠純情的了。

銀說的話倒是讓她放心不少，這表示銀還沒發現自己在找的人是她，而不是鈴音。

「但現在，比起我想找的那個人，我更在意妳。」

「咦？」

話鋒突然轉回自己頭上，俞思晴驚愕地倒抽口氣。

她的反應很有趣，銀忍不住笑出聲。

「噗，好可愛的反應。」

俞思晴羞紅著臉，「你、你別鬧我玩！」

「抱歉，因為我是真的這麼認為。」銀伸出手，輕觸俞思晴的臉頰，手指捲起她的髮絲，有意無意地玩弄著，「我原先的目的，全被妳打亂。」

俞思晴心裡一緊，恍惚中，忘記拒絕銀的碰觸。

然而，他的溫柔卻讓她狠不下心。

還沒來得及說些什麼讓銀打消念頭，左眼傳出的嗶嗶聲響，讓她猛一回頭。

四周突然冒出許多白色巨狼，擋在他們前方，而身後的退路也被另外一群白色巨狼阻斷。

「這些傢伙是從哪裡冒出來的！」

「牠們……難道不是只出現在固定地區？」

銀眼看狀況不對，立即轉身，與俞思晴背靠背。

他握緊手中的紅色長劍，俞思晴則是拿出與白色狙擊槍相似的副手武器。

「這數量有點棘手。」銀雖然有信心，不會被比自己等級低的怪打死，但牠們彷彿知道這點，召集讓他難以應付的數量，就算是他，也很難全身而退。

俞思晴收起偵查視覺，打算加入戰局。

白夜是能夠控制這些巨狼的首領，牠們會這麼做，表示白夜知道有人闖入，才會派出這個數量來對付他們。

「妳可以嗎？」

「不行也得行。」

俞思晴不敢肯定，但只要巴雷特能夠順利見到白夜的話，這些巨狼應該就會撤退。

如此盤算的俞思晴，將手指放上扳機。

「我們上。」

一聲令下，兩人同時使用「疾步」衝入狼群。

在沒有後援的狀況下，他們只好硬著頭皮上！

兩個人的話，總會有什麼辦法！

第二章　叛徒與英雄（中）

Sniper of Aogelasi

俞思晴慶幸自己昨晚有熬夜練等。

之前她是因為對手是「單匹」，才有辦法順利戴上項圈，捕捉成功，但現在他們遭遇的卻是「整群」，跟當時完全無法比擬。

萬一她沒狠下心提升等級，恐怕只會淪落成銀的拖油瓶。

緹絲蒂娜的惡魔除了攻擊力高之外，速度也相當快，雖說防禦弱到能一槍解決，但前提是必須打中。

槍族的速度雖說是所有職業中最快的，可那是與其他幻武使比較，若和怪比，多少還是有些差異，只能依靠裝備補足。

俞思晴承認自己在速度上下了不少工夫，這也是為什麼她有辦法單挑等級比她高的玩家的原因，但在這些巨狼面前，竟然一點作用也沒有。

「嗚！」俞思晴向後蹬步，不久前站的地方，被巨狼用爪子狠踩而下，力道之大，看那碎裂凹陷的地面就可以理解。

但在她後退的地方，卻有另外一匹巨狼，張開血盆大口朝她咬下。

「小心！」

紅光橫掃巨狼的身軀，將牠砍成兩半。

銀穿過巨狼分散成的星光，摟住俞思晴的肩膀，將她安然無恙地帶到較高的山壁。

「果然光靠我們兩個不夠，還是讓耀光他們來協助比較好。」銀將她護在身後，盯著那些在底下徘徊的巨狼，「雖然我是這樣想的，但通訊系統從剛剛開始就打不開。」

俞思晴猜測，白夜大概是不想讓他們把進入副本的情報傳出去，可是一股違和感還是讓她心存疑慮。

白夜不過是ＮＰＣ，不可能有能力影響系統，是其他人做的可能性很高。

「在這裡那些狼就上不來，我們可以稍微鬆口氣。」

「不行，沒那個時間。」俞思晴從系統裡拿出水晶道具，「我們先轉移到其他地點去，不能再和這些狼周旋。」

不祥的預感讓俞思晴無法繼續待在這，天曉得要等多久，而且也沒那個時間。

她捏破水晶，帶著銀瞬間轉移。

兩人隨機出現在副本內的其中一個地區，這裡雖然沒有之前的地方亮，但很安靜，也沒有其他怪出沒的痕跡。

石壁上鑲著的水晶，發出微弱光芒，地上的水窪也散發相同的淡藍色光。

「這裡真漂亮。」銀抬起頭四處張望，「妳有看到什麼嗎？」

重新使用偵查視覺技能的俞思晴，搖了搖頭。

「我們運氣不錯，這附近沒有野生怪的蹤影。」

「那就繼續朝地區王的位置前進吧。」

銀打算離開，俞思晴也這麼想，跟在他身後。

沒走幾步路，他們就看見下個地區的出入口，但同時，俞思晴也收到巴雷特的聯絡。

『小鈴，能替我爭取一點時間嗎？』

俞思晴被他的聲音嚇到，心臟差點沒有從嘴裡跳出來。

她悶悶不樂地停下腳步，壓低聲音回答：『什麼意思？』

『我這裡出了點狀況，妳不用擔心，我能解決，只是需要時間。』

巴雷特的聲音聽起來有些匆忙，俞思晴也不好問清楚。

武器AI和幻武使之間的通訊系統，雖然方便，但對現在的她來說卻是種刺激。因為巴雷特的聲音就像在她耳邊低語，害她不自覺感到害羞。

這跟玩家之間的私訊系統完全不同啊……到底是哪個無良的傢伙設計出來的。

『需要多少時間？』

『十分……不，七分鐘就好。』

『差那微妙的三分鐘是什麼意思？』

『原本只是想上個保險而已。』

『……我給你十分鐘。』

回覆完巴雷特，俞思晴抬頭就看到銀在向她招手。

「這邊，妳過來看看。」

俞思晴小跑步來到他身邊，順著他手指的地方看過去。

不知道為什麼這上面竟然標示著王怪位置，還很好心地附上副本的地圖。

這讓她珍藏的「偵查視覺」技能情何以堪。

「不覺得很像陷阱嗎？」俞思晴百分之兩百不相信這個告示牌。

銀想了下，「有點，但過去看看也沒什麼損失。」

對他來說沒什麼關係，因為他還想多跟俞思晴獨處，在這裡的話，耀光也不會來打擾。

嚴格來說，這應該是他第一次和俞思晴相處這麼長時間，以往她總是跑得快，而且都是和大家共同行動，直到這次，他才真正發現自己有多在意她。

甚至到拋下鈴音的程度。

「這次我們小心點走，要是再被狼群圍剿，就很難脫身了。」銀指向旁邊的小路，「所以還是得靠妳的技能輔助。」

沒想到細心的銀，竟然察覺到她因為招數無路用而感到沮喪，明明她都沒表現在臉上，他的洞察力真可怕。

念頭一轉，她拉住銀。

「等等，那個方向有不少野生怪，我們先暫時在這裡避避。」

「嗯……好。」銀想了下，並不覺得俞思晴在說謊，「依照剛才那些巨狼的設計，這裡的野生怪似乎是整個副本跑，雖然對我們來說要繞過牠們比較容易，但相對也要花不少時間。」

「總比又被包圍來得好。」

「那麼我們就悠閒地來打副本吧。」銀摸摸她的頭，被俞思晴拉住衣服，強留下來，讓他心情不錯。

被當成小孩對待，俞思晴害臊得臉紅，很不習慣。

「唔嗯……別把我當小孩哄。」

「啊，抱歉。」銀趕緊收回手，「我家親戚多，小孩子也多，所以不知不覺就……」

話雖如此，但對女高中生這麼做，多少還是有些不妥。

就算在遊戲世界，本人還是會有感覺，畢竟實境網遊是與現實中的個體相連。

「我們找個地方坐下來聊天吧？」

「雖然說要悠閒，但這樣會不會太散漫？」俞思晴抬眼看他，沒想到銀居然主動提出這種要求，反而讓她不用想辦法拖延時間。

不過，她多少還是對銀的想法有些芥蒂。

「呃、別這麼說，這只是遊戲公司舉辦的小活動而已，不用太過認真。」

「你要是不認真的話，會長知道後肯定不會放過你。」

「哈哈……妳說的真精闢，但是……」銀牽起她的手，「我現在單純想要利用這段空檔，多多了解妳。」

俞思晴瞪大眼，想把手抽回，但對上銀溫柔的視線，她又狠不下心。

雖然巴雷特說過要幫忙爭取時間，可第六感告訴她，不能繼續再和銀獨處下去。

她下意識地滿頭大汗，想破頭也想不出該如何回答銀。

銀的笑容，讓她覺得心被狠狠刺了好幾刀。

「那個，銀——」

她終究忍不住，想跟銀談有關玩家名字中含有「鈴」字的事，沒想到，不遠處傳來爆炸的聲響，把她的聲音蓋過去。

銀立刻拔劍將俞思晴護在身後，俞思晴眨眼，透過「偵查視覺」的輔助，她比銀先一步看清楚發生什麼事。

巨大的野獸身影，以及……巴雷特！

爆炸地點就在擺放地圖的告示牌附近，也就是他們眼前。

「緹絲蒂娜的惡魔？」銀驚呼，「為什麼會出現在這裡！」

比剛才那些巨狼要大上三、四倍的白色野獸，衝破石牆，逼近在牠身旁跳來跳去的男人。

「那個人是……」銀驚訝地睜大眼，「他不是妳的武器AI嗎？」

俞思晴心虛地抖了下身體，抿著嘴唇，僵硬地將視線轉移。

銀看到她滿腹心虛，輕推眼鏡，表情嚴肅。

俞思晴忍不住在心中打顫。

「這到底是怎麼回事？武器AI的型態不是已經被鎖定，我見到妳的時候，妳確實是拿著狙擊槍，可是現在妳的武器AI卻出現在那邊，和巨狼戰鬥？」

武器AI主動和野生怪戰鬥這種事，他聽都沒聽過，而且他早懷疑俞思晴有事情瞞著他，只不過，眼前發生的事讓他無法理解。

「抱、抱歉，銀。」俞思晴往後退了兩步，跳上山壁，迅速奔向巴雷特。

「等等！泡泡鈴！」

銀怎麼可能讓她溜走，他擔心俞思晴究竟被捲入什麼麻煩。

但在他要追上去之前，聽見騷動聲響的巨狼群，再次將他包圍。

銀咬著牙，惡狠狠地掃視這些野獸。

「你們……別來礙事！」

另一方面，巴雷特注意到俞思晴朝自己衝過來，翻身閃躲巨狼的爪子後，變回白色狙擊槍，不偏不倚地落在她的手中。

「巴雷特，這是怎麼回事！」她邊責備邊滾地，從巨狼胯下閃過。

巴雷特無奈回答：「白夜不肯聽我解釋，牠似乎認定我是敵人。」

「為什麼……你沒跟牠說，是水之精靈找我們來的嗎？」

「就是說了才變成現在這樣。」

「什……嗚！」頭頂上有黑影晃過，俞思晴話都來不及說完，連忙閃避。

明明已經成功閃過，但她的臉頰與身體卻留下刀傷的痕跡，不知道什麼時候，絲巾竟自己跑出來，捲在手臂兩側。

光是閃躲還不夠，攻擊時周遭的烈風卻如同刀刃，劃傷她的肌膚，絲巾感應到幻武使受傷，才會主動出現防禦。

要是沒有它，她的血條恐怕早已去了大半。

耳垂上的翅膀耳環左右搖擺著，似乎在提醒她，別忘記牠的存在。

俞思晴輕觸耳環，安撫牠的情緒。

「緹絲蒂娜的惡魔……不，白夜，請你冷靜聽我說。」

殺紅的雙眸落在俞思晴身上，牠散發出的殺氣，與之前見面的時候完全不同，很難想像那隻朝她搖尾巴的小白狼，竟然會變成這樣。

「我們不是你的敵人，相信我。」

「不是？呵，開什麼玩笑！」白夜發出怒吼：「妳身上全都是愛蘭雅那混帳給的東西！還敢對我說謊！」

俞思晴來不及反駁，只能眼睜睜看著白夜撲過來。

絲巾形成防禦，擋下白夜的攻擊。

但在白夜尖銳牙齒的攻擊下，絲巾漸漸產生裂痕。

俞思晴眼看情況不對，將槍口對準撕裂的地方，扣下扳機。

銀色細光貫穿白夜的嘴，受到重擊的牠頻頻後退，難受地甩著頭顱。

這次的攻擊並沒有在牠身上留下一點傷痕，只是單純地把牠打退。

俞思晴理解，牠不是能單刷的王怪，可她不能就這樣放著牠不管。

「妳——」

「愛蘭雅難道不是你的伙伴嗎？」俞思晴不懂，為什麼白夜會如此憎恨水之精靈，明明她想要拯救牠。

白夜露出鮮紅的牙齦，火冒三丈，「誰是那女人的伙伴了，要不是她故意陷害肯特，肯特也不會死得這麼慘。」

「陷……害？」俞思晴瞪大眼，「什麼意思？」

「她利用了肯特，哈！大言不慚說什麼想要拯救她，但也只是想要保住自己的祕密而已。」白夜張開嘴，哈哈大笑，「因為肯特發現她是叛徒，她就把我們的情報上報給奧格拉斯，換取自身的安全——我恨這種女人，有什麼不對！」

過去的記憶如跑馬燈，迅速在俞思晴的腦海裡閃過。

「讓肯特陷入瘋狂的罪魁禍首，就是愛蘭雅。」白夜繼續說。

這件事她是知道的，卻沒想過，起因竟是愛蘭雅的背叛。

與白夜初次見面的時候，牠攻擊ＮＰＣ的理由，原來是為了不讓他們受到愛蘭雅的利用。

突如其來的事實，讓她腦袋一片混亂。

到底……誰說的才是謊言？

看見俞思晴的反應，白夜皺起眉，「……妳該不會，不知道？」

「我不知道……」

她的回答，讓白夜一下子收起怒容。

沒想到如此簡單就讓牠放棄攻擊，巴雷特有點不是滋味。

「我說的話你就不信，小鈴說的就沒問題？」

「她是幻武使，不是我們那個世界的人，所以能信。」白夜用冷冽的目光掃過白色狙擊槍，「你跟之前見面的時候不同了。」

白夜可以感覺到他取回了自己的力量，現在巴雷特持有的力量，根本不是其他武器AI能夠比擬的。

「你也是。」巴雷特變回人形，抬頭仰望牠，「之前見到的你，果然只是分身？」

「啊……畢竟我不能離開副本，那是我用力量和巨狼屍體製作出來的替身，力量當然沒有本尊高，也不具有溝通能力。」

「不過。」牠轉而看向俞思晴，「我和分身有聯繫，所以妳的事情，我都記得。」

俞思晴鬆口氣，癱坐在地，「太好了……你願意相信我。」

「那是因為我已經觀察過妳，知道妳不是壞人。」白夜盯著不遠處，正在和其他野生巨狼纏鬥的銀，「他也是你的同伴嗎？」

「啊！」想起銀的存在，俞思晴趕緊跳起來，「拜託，請讓狼群停止攻擊！」

「可以，但妳得答應我一件事。」

「什、什麼？」

「把愛蘭雅給妳的東西全部扔到我嘴裡來。」

白夜的態度相當認真。

俞思晴摸了下耳垂，「連牠也要？」

「沒有例外。」

「但是……」俞思晴仍對白夜的想法保有疑慮，畢竟太過突然，她很難想像水之精靈竟會是敵人安插的臥底。

一方面擔心銀，一方面卻又不知道該不該相信白夜，俞思晴左右為難。

巴雷特不願見到她困擾，便主動向白夜提出其他建議：「我對愛蘭雅的事暫且保留，畢竟還有最後一個地區王要救，所以目前還是以送你們回奧格拉斯為重。」

「我不允許愛蘭雅踏入奧格拉斯，絕對不准。」白夜咬牙切齒，「一見到她，我就會把她脖子咬斷！」

「救人要緊，難道你要因為自己的怒火讓另外兩人陪葬？」

「唔……」

白夜被堵得無話可說。

牠躊躇許久，好不容易才硬著頭皮答應。

「……好吧！我讓步。獅子可以暫留，可是其他東西得銷毀。」

俞思晴點點頭，將絲巾交給白夜。

白夜叼在嘴裡，狠狠一咬，絲巾便碎成程式代碼。

白夜這才心滿意足地把那群纏著銀的巨狼召回。

俞思晴急忙趕到銀的身邊，發現他全身是傷，卻仍倔強地站著。

「銀……」

「泡泡……」

銀的體力到達極限，身體癱軟，俞思晴連忙上前接住。

她抱著銀傷痕累累的身軀，跪坐在地上，手握緊成拳頭。

「白夜，你的個性真糟糕。」見到銀的模樣，巴雷特忍不住朝白夜翻白眼，「你根本沒打算把他打死，而是想要折磨他對吧？」

「畢竟這裡是我的藏身處，我對每個進來的人都帶有敵意，包括你。」

「我不是你的敵人。」

「哼，片面之詞。」白夜轉身變成俞思晴見過的那隻小白狼，趴在巴雷特的頭上，「既然你們成功說服我，那可要好好保護我的安全。」

「是是是。」巴雷特應付地回答。

俞思晴稍微替銀治療，讓他回復一半的血條，但銀仍痛苦地皺著眉頭。

「是詛咒魔法嗎？有點棘手……」她點了一下耳垂，將獅子召喚出來。

俞思晴把銀搬到牠的背上去，跟隨在她身旁的巴雷特忍不住問：「妳打算帶他一起走？」

「我還欠他一個解釋，再說，他需要小無的治療。」

俞思晴無奈地朝他伸手，「暫時聽我的好嗎？」

她明白，巴雷特肯定會拒絕，所以只好先求他的認同。

巴雷特拿她沒轍，他們已經在這裡浪費太多時間，沒有多餘的空暇能和俞思晴爭論，再說，銀會變成這樣，他也得負點責任。

與其讓銀醒來後，到處問人，引發爭端，不如帶著他好些。

「只是暫時而已。」他變回武器，讓俞思情揹在後背。

白夜一臉厭惡地踩在銀的背上，「噁……真不想坐愛蘭雅愛寵的順風車。」

俞思晴無視牠的抱怨，說道：「別碎碎念，白夜。快告訴我出口在哪。」

「知道啦……」

白夜垮下臉，心不甘情不願地替俞思晴指路。

白夜的協助搭配上獅子的速度，讓他們平安順利地離開水岸區，前往戲曲區。

不過，由於他們帶著白夜，地圖顯示的地區王座標開始移動，所以他們時間有限，得盡快和擁有石像的大神下凡等人會合。

在前往會合地點的路途，正在觀看系統地圖的俞思晴，意外發現戲曲區的地區王就在附近。

兩個座標位置如此相近，恐怕周圍的玩家會轉移目標。

才剛這麼想，她就撞見從樹林裡衝出幾道黑色影子。

俞思晴收起「偵查視覺」，將狙擊槍轉至胸口，以普通攻擊的方式對他們開槍。

原想突襲的玩家們因子彈而分神，獅子也趁這個機會，找到空隙衝出去。

『大神！你們在哪？』

『離你們還有三公里左右。』

『加快腳步，我遇上其他玩家了。』

『說得容易……我這邊也有。』

大神下凡的話結束後，傳出戰鬥的聲響。

『雖然可以取消地圖顯示的坐標，但不能用來隱藏，再說現在玩家全都聚集到這個地圖來，沒走幾步路就會遇到。』

『沒辦法，只好反擊。』

『我也是這樣想。』大神下凡邊說邊嘆氣，『我們大概會被當成問題人物吧。』

『總比讓組織計畫得逞來得好。』

『說的也是。』

還在跟大神下凡聯絡的俞思晴，突然發現眼前出現刀光，立刻從獅子背上跳下來，在地面滑了很長一段距離才停止。

她咬牙抬頭，望著面前出現的三名玩家。

三名少女拿著各自的武器，在把俞思晴支開後，很快轉移目標，朝獅子攻擊。

「那就是地區王了吧！」

「呵，比想像中還小隻。」

兩名少女同時轉身，留下一個人盯著俞思晴。

從她們的對話裡判斷，大概是把獅子當成地區王，雖然這是不幸中的大幸，但對現在的狀況，還是沒多大幫助。

獅子停下腳步回頭看她一眼，俞思晴點點頭，示意牠先離開。

於是獅子張開翅膀，迅速飛入高空，一下子就不見蹤影。

沒料到對方竟然有辦法飛到天上，兩名少女只好悶悶不樂地回來。

「妳也是幻武使吧。」站在俞思晴面前的少女垂下眼簾，非常不高興，「為什麼妳會跟地區王在一起，看起來不像是在追捕牠……」

「說得也是，真的很奇怪。」

「果然還是露露比較聰明。」

兩名少女在她身旁附和。

俞思晴緩緩起身，在隊伍頻道裡留言告知大神下凡和無緣人這邊的狀況後，收起系統，嘆了一口氣。

想要偷偷摸摸地完成這件事，果然不可能。

也罷，她本來就預料到，會跟其他玩家成為敵對關係的狀況發生。

「抱歉，我的目的跟妳們不同。」俞思晴懶得解釋，也沒有說明的必要。

三個女孩子上下打量她。

「露露，妳看她的公會徽章，怎麼有點眼熟？」

「什麼眼熟……那是新傳說聯盟的公會徽章。」

「哎！這女孩是跟我們結盟的公會成員？可是新傳說聯盟不是負責水岸區，怎麼會在這？」

「我也很想知道。」名為露露的玩家，雙手在胸口交叉，擺明不讓俞思晴離開，「為什麼我感覺妳好像在協助地區王逃跑？」

俞思晴沒回答，突然就舉起槍來，右眼冒出狙擊鏡頭。

露露嚇了一跳，看到她扣下扳機的瞬間，迅速往旁撤離，另外兩名少女也各自閃躲。

狙擊槍子彈射在她們原本站的地方，威力強大到將那塊草皮燒成荒蕪。

露露蹲在樹枝上，咋舌道：「喂！我們可是跟你們結盟的同伴！」

俞思晴冷著臉，面無表情，淡淡地說了句：「我知道。」

她利用「疾步」，身影一閃，出現在露露眼前。

眼看著槍口離自己的右眼距離不到一公分，露露驚訝地說不出話，甚至無法做出反應。

槍口的火光籠罩兩人，劇烈的爆炸將樹燒出凹陷的大洞，讓另外兩人驚訝不已。

「露露！」

「不會吧……」

從煙霧中靈巧跳出來的人是俞思晴，她翻身踏在不遠處的樹梢上，正巧落在第二名少女的背後。

少女感到背脊一陣冰冷，頭也來不及回，只聽見俞思晴的聲音。

「流星雨。」

向上的槍口，射出各種顏色的子彈，如同染著七彩光芒的雨滴，以她為中心，在周遭墜落。

連防禦招數都來不及使用，離她最近的少女只能勉強閃躲，無法全身而退。

「巴菲！」第三名少女衝出來，拉住伙伴的身體，以「疾步」迅速逃離。

勉強閃過流星雨的攻勢，但相對地，MP卻用掉不少，畢竟要閃躲那種密集的攻擊，困難度相當高，所以她還另外開了防禦技能。

「哈啊、哈……這傢伙……」

「艾草，妳沒事吧？」

「沒事……巴菲妳呢？」

「我還好。」

在兩名少女確認彼此的狀況時，露露跳上樹梢，亮出手中的刀具，趁俞思晴分心之際，揮過去。

刀光劃過俞思晴的側臉，她只不過稍稍傾身，便閃躲過去。

打著近身戰對槍族不利的想法，露露迅速旋身，砍出第二刀。

但這次，卻被俞思晴用槍身擋下。

俞思晴指縫中滑出銀針，趁機插在她身上。

露露難受地皺著臉，驚覺身體狀況不對，主動拉開距離。

與此同時，艾草與巴菲也趁這機會從背後襲擊俞思晴。

俞思晴自然不可能沒注意到她們，壓低頭閃過艾草的長劍，單腳踩住巴菲的劍身，抬腿用膝蓋重擊她的下顎。

巴菲搖搖晃晃地往後退，艾草嚥不下這口氣，再次揮出長劍，連續追砍。

俞思晴向後一跳，與她拉開安全距離，不慌不忙地閃避刀刃。

雖然每次攻擊看似都要命中，可就是碰不到她的身體。

「可惡！妳別閃！」

俞思晴突然高高跳起，單手壓住她的頭頂，從她上方翻身過去，槍托狠狠地擊中她的後腦勺。

艾草面朝地，向下撲倒。

俞思晴掏出銀針，趁機插在她的屁股上，眼角餘光瞥見重新站起的巴菲，只是用食指輕輕壓住她的眉心，接著將銀針插入她的腹部。

「唔嗯……這、這是什麼道具……」巴菲動彈不得，瞪大眼看著俞思晴。

「白色狙擊槍、天藍色的雙馬尾女性玩家……妳、妳就是新傳說聯盟的第三嗎？」露露仍站不起來，臉色鐵青。

「對武器ＡＩ使用，會暫時封住他們的變身能力；對幻武使使用，則是有類似麻痺效果。」俞思晴終於開口，同時把狙擊槍收回背上，「我沒有與妳們為敵的意思，抱歉。」

她在最短時間內結束這場三對一的戰鬥，跳上樹枝，輕盈地離開。

三人望著她離去的背影，只能乾瞪眼。

「真的假的……這傢伙操縱角色的技術也太好。」巴菲不得不認同，她們三人聯手都打不贏俞思晴。

露露雖然不能動，但已經叫出系統，透過公會頻道，把剛才的事情告訴公會會長，至於接下來他們會怎麼行動，就不得而知了。

在會合點等待的大神下凡，見到俞思晴平安無事的出現，才鬆口氣。

他快步走上前，「妳沒事嗎？」

「沒事，但也不能說完全沒事……」俞思晴疲倦地嘆息，剛才在路上想了許多，卻仍沒找出適當的解決辦法。

她的事情，大概已經傳入耀光精靈的耳中了吧。

玩家協助地區王……根本就是故意找其他玩家的碴，恐怕她的汙名永遠都洗不乾淨。

「銀怎麼樣？」

「小無用他的技能解咒，現在正在休息。」

大神下凡帶她回到藏身點，果真看見無緣人和已經清醒的銀坐在石頭上。

一見到她，銀的眼神頓時變得凶惡，嚇得她不敢開口。

「這到底是怎麼回事？」

銀火冒三丈的表情，讓俞思晴猶豫該不該再找藉口瞞著他。

在她苦思解決辦法時，巴雷特變回人形，逕自走向銀。

「不要讓小鈴煩惱。」

「那麼你能回答我的問題嗎？」

「能，但不是現在。」

銀看了看大神下凡和擔心他們吵起來的無緣人，嘆了口氣。

「好吧，總之事後要跟我講清楚。現在我就暫時不過問。」

「銀……」俞思晴膽怯地低下頭，「抱歉把你捲進來。」

銀看了她一眼，似乎還沒完全氣消。

「接下來呢？」他問道：「你們蒐集地區王打算做什麼？」

「護送他們離開這個地圖。」巴雷特替在場所有人發言，「現在只剩最後一個。」

「不，在這之前，得先解決我的問題。」白夜從旁邊走過來，仍保留嬌小的姿態。

牠跳上俞思晴的肩膀，替她把耳環戴上，「我跟愛蘭雅的帳還沒算清。」

在牠銳利目光注視的前方，水之精靈悠悠地蹺起腿，面帶微笑。

第三章　叛徒與英雄（下）

Sniper of Aogelasi

白夜咬牙切齒，見到她態度從容，更是火大。

「愛蘭雅妳這混帳……」

「你是不是誤會了什麼？」水之精靈搖頭，「我們現在可是同條船上的同伴。」

「誰跟妳是同伴！」白夜氣得大吼，「妳都對肯特做了什麼好事！」

「肯特的事不是我的錯。」

「要不是妳去跟組織舉報，肯特也不會被『刪除』！」

「我這是為了我們的安全，想反抗組織，就絕對不能出紕漏。」

「什麼安全？妳是想給自己留條安全的退路吧！」白夜露出牙齦，齜牙咧嘴，「妳這叛徒……我絕對不會讓妳如願回到奧格拉斯！」

「那麼你要殺了我？」水之精靈垂下眼，「但你知道，在系統內我們可是被設定好的地區王，被殺死後會有什麼事情發生，你有沒有想過？」

白夜愣住，一旁的俞思晴等人也感到訝異，沒想到水之精靈竟會這麼說。

「愛蘭雅，這句話是什麼意思？地區王死的話，不是解開第五個地區的傳送陣限制嗎？」

「你認為第五個地區是什麼？」愛蘭雅冷冷地瞥了他一眼，「現在組織內部已經確定幻武使與武器ＡＩ之間的穩定度，但最近發生的狀況太多，組織不得嘗試先啟動傳送。」

巴雷特瞪大眼，「妳說傳送……組織打算現在動手，把兩個世界串聯起來？」

「要是他們這麼做，在這個地圖內的幻武使跟武器AI都會消失。」俞思晴沒那麼笨，不可能傻到被水之精靈的話影響，「妳剛剛說『嘗試』的意思，只是先做個測試看看，就算是這樣，也不可能對幻武使和武器AI完全沒有影響。」

「確實不會讓人消失，畢竟這個時間點，要是鬧出失蹤事件，反而會破壞計畫。至於妳擔心的問題……沒錯，有後遺症，不過感覺就像感冒，幻武使不會察覺，武器AI所受到的影響也差不多。」

「奧格拉斯組織盤算得真完美。」大神下凡不得不佩服，這試探計畫確實不錯，對組織來說，沒有壞處。

不知情的銀與無緣人，靜靜待在一旁，光從他們的對話，能捕捉到的情報仍舊不足，兩人的表情相當糾結。

發現不只有自己是無知的那方，銀和無緣人頓時有種找到同伴的錯覺。

「妳告訴我們這件事，是想搏取我們的信任，還是在向我求饒？」白夜仍舊不信任水之精靈，牠可不會被這女人欺騙。

眼看兩人的事情大概吵不完，俞思晴打開地圖系統，盤算著再次獨自行動。

大神下凡明白她在想什麼，但他有點擔心。

「這次就換我去吧。」

「不，以我們三人來說，我的行動力最強，速度最快，由我去比較妥當。」

「可是——」

「我會注意情況的，絕對不會勉強。」

俞思晴固執起來讓人只能罷手，大神下凡只好對巴雷特說：「你好好看著她，別讓她亂來。」

「我會的。」巴雷特也放棄白夜和水之精靈的爭執，現在時間緊迫，根本沒時間判斷到底誰說的才是實話。

最快的方式，就是把兩人送到繆思那裡去。

可萬一水之精靈是雙面間諜的話，讓她去見繆思實在太過危險。

「你怎麼打算？」大神下凡覺得自己就像在顧幼兒園。

兩個人吵架，一個人重傷昏睡，問題是他們接下來還得過去傳送陣，這樣吵吵鬧鬧的隊伍要怎麼前進？

「只好先把他們交給我在那邊的同伴。」

「你還有其他同伴？」

「是可以信任的人，不用擔心。」

「既然你都這麼說……」大神下凡對巴雷特的辦事能力多少有一定的信任。畢竟他可是大費周章，策畫這一切，拐到俞思晴這個好女孩的男人。

「小鈴，我們出發吧。」巴雷特變回狙擊槍，躺在俞思晴懷裡。

俞思晴抱著它，喚出獅子，跨上牠的背。

巴雷特的聲音從狙擊槍內傳出：「你們先去傳送陣附近等著，一接到第四人，我們就會以最快速度趕過去。」

「好。」大神下凡點點頭，目送俞思晴和巴雷特離開。

接著雙手扠腰，無可奈何地看著這邊的爭執。

銀注意到俞思晴離開，不安地問大神下凡：「讓她一個人去沒關係嗎？」

「怎麼？」大神下凡勾起嘴角，「你不相信她的實力？」

「就算再厲害，也不可能與全地圖的玩家為敵。」

「呵，這你就不懂了。」大神下凡勾起嘴角，「小鈴她，可不是會因為這點小事而怯步的女人。」

銀瞪大眼，沒想到大神下凡竟然信任俞思晴到這種地步。

他看著大神下凡的玩家名字，早在剛見到面的時候，他就發現，這人是排在自己名次之後的玩家。

「大神，我們差不多該準備出發。」無緣人湊過來，膽怯地說，「就算有辦法隔絕標記，待在同個地點太久也不妥。」

「說得也是。」大神下凡用拳頭輕敲銀的胸膛，「那麼就由新加入的人來負責扛哈比吧。」

見他態度從容，笑著離開，銀的眉頭越皺越緊。

他無法理解這些人所做的事，甚至是巴雷特說的話，但他願意相信俞思晴。

戲曲地區已經是地圖中最後顯示的地區王位置，也是相當多玩家聚集的地方。這個地圖連著第五區域的傳送點，在那裡也聚集不少的玩家。

區域頻道上，有不少玩家在討論這次的活動，交換情報。

俞思晴默默看著其他人的留言與對話，臉色越來越難看。

「小鈴，我們不直接衝進人群嗎？」

「不……現在狀況有點微妙。」

「微妙？」

巴雷特看不見幻武使之間用來交流的對話頻道，所以不懂俞思晴是什麼意思。

「地區王沒有被消滅，而是憑空消失的事情，已經有玩家開始討論起來了。原本大家都分散在各地區，所以並不知道其他地區的情況，現在幾乎所有人都在這個地圖，情報也就漸漸傳開。」

「……原來如此，我明白妳為何會說『微妙』了。」

留在這裡的玩家，並不是照著原訂計畫，攻擊地區王，而是開始出現各種臆測。

『殺掉地區王並不是開啟隱藏地區的方式。』

『或許地區王還藏有其他特殊設定。』

『地區王會不會四合一變成究極王怪。』

諸如此類的想法與意見，在頻道瘋狂出現。

連新傳說聯盟的公會頻道，也開始討論類似的問題。

慶幸的是，並沒有關於她跟大神下凡等人的討論，但俞思晴覺得只是暫時而已。

此時此刻，俞思晴發現，所有玩家都站在同一陣線上，唯獨他們相反。

「這樣看來，似乎我們幾個才是『地區王』。」俞思晴流著冷汗，無奈苦笑。

在這種情況下，她能做的只剩一件事——就是做好心理準備。

跨上獅子的背，俞思晴朝巴雷特伸手。

巴雷特化為武器型態，躺在她的懷裡，接著俞思晴叫出系統，換上之前打某個支線任務時，取得的特殊時裝。

這是件穿著牛仔吊帶褲的粉色兔子裝，不但能遮住容貌還能擋住髮色，也可以讓人看不出性別，而穿著這件時裝的時候，武器會自動套上胡蘿蔔模樣的效果，頭頂顯示的玩家資訊也會跟著隱藏起來，缺點就是，時效只有三十分鐘。

當初拿到這件時裝，俞思晴還覺得礙眼，可現在想想，好在她沒有扔掉。

「準備好了嗎？」俞思晴握緊手中的胡蘿蔔，「一旦踏出這步，我們就沒有喘息時間。」

「嗯，我明白。」

俞思晴微微一笑，胯下的獅子張開翅膀，大吼一聲，飛入空中。

『怎麼辦？只剩這個地區王，萬一把牠打死了，會不會變成任務失敗？』

『如果其他地區王消失，就算打死這個，任務也不會成功。』

『但也不能一直在這邊乾瞪眼吧？難道說又是遊戲公司的 BUG？』

在地區王附近，許多玩家直接在一般頻道上討論，剛來到這附近，俞思晴就看見他們討論的內容。

大抵來說，和她想的差不多。

巨大獅子從天而降，把玩家們嚇個半死，更令他們驚訝的是，騎在獅子背上的，竟然是個穿著兔偶裝、手持胡蘿蔔的玩家。

「這什——麼鬼！」

「媽啊！他想幹嘛？」

獅子飛快地從這些人眼前奔走，兔子無視所有人的目光，直逼地區王的巢穴。

以布偶裝姿態出現在玩家面前的俞思晴，雖然成為注目焦點，但相對地，也沒人看出她是誰。

獅子直接穿進眼前馬戲團的帳篷，這附近也有不少玩家徘徊，在獅子登場後，全都傻眼。

「野生怪？」

「不、不對，這隻獅子……不是之前那個有BUG的副本相關怪嗎？」

「啊啊！打副手武器那個！」

幾個人認出獅子的身分，但是騎在牠背上的人是誰，仍舊無解。

兔子跳下來，單手舉起胡蘿蔔，指向這些還沒回過神來的玩家們。

「流星雨。」

頭套內傳出可愛的年幼孩子的說話聲。

但牠使出的招數，卻不是這回事。

胡蘿蔔射出許多細小的胡蘿蔔，如同子彈射向他們。

眼看兔子發動攻擊，大家閃的閃、躲的躲，等到攻擊結束後，兔子已經不見蹤影，只剩下獅子站在那，惡狠狠地瞪著他們看。

「不會真的見鬼了吧？」

「遊戲裡也有鬼?都市傳說嗎？」

「先、先別說這些，那隻獅子跑過來啦——」

某個男玩家臉色蒼白地推同伴的肩膀，半拖半拉地把兩人帶出去。

其他玩家見獅子開始胡亂攻擊，也紛紛拿出武器應對。

但是，就和當時打副手武器時相同，他們的攻擊，對獅子一點效果也沒有。

留下獅子的俞思晴，蹦蹦跳跳來到帳篷內，被外頭騷動聲吸引的玩家們，紛紛跑出去，俞思晴躲在道具堆裡，勉強瞞過這些玩家的眼目。

等人離開得差不多，她才走出來。

這個地區的王，藏在馬戲團主棚內，很容易就能找到。

不過當俞思晴看見被標記為地區王的對象後，驚訝得說不出話來。

「……居然是這傢伙。」

圓形的舞臺中央，有著一個巨大的鐵籠。

鐵籠內關著奄奄一息的花豹，周遭還有幾個玩家留守。

「沒想到居然是牠，在那之後，牠果然被組織抓走了嗎……」

巴雷特見到對象是花豹，變得比平常還要沉默，也無心回答俞思晴的問題。

俞思晴低頭盯著手中的胡蘿蔔，輕嘆口氣，「先救人再說。」

她舉起胡蘿蔔，低聲喊道：「光之牢獄！」

胡蘿蔔發出光芒，隨之呼應的，是以鐵牢為中心，散發出的圓形發光區域。

玩家們看見腳下的技能，全都嚇了一跳，卻因為被封住行動的關係，無法動彈。

俞思晴跳下去，加上「疾步」的動作，穿梭在玩家之中。

隨著地面恢復原樣，這些玩家也都消失不見。

一眨眼的時間，帳篷內就只剩下她和鐵牢內的花豹，以及手中的胡蘿蔔。

「妳把他們打回重生點了？」

「不，我沒有，只是用道具強制轉移地點而已。」

「我記得那樣道具很貴，小鈴，節儉的妳居然會捨得花？」

「沒辦法，因為我擔心讓他們血條歸零，會出什麼意外嘛……」

俞思晴心在淌血，可她這麼做是保險起見。

她才剛轉身，視線就和鐵牢內的花豹對上。

花豹有氣無力地說：「……妳是什麼人？呵、奧格拉斯那傢伙派來的嗎？」

「我是來救你的。」為了不讓花豹添麻煩，她朝花豹的屁股開槍，「這是昏睡彈，你先好好睡一覺吧，醒來之後，你就自由了。」

花豹連拒絕的權力都沒有，眼皮沉重地闔起，沒多久就只剩平穩的呼嚕聲。

俞思晴打開鐵牢，正苦惱著要怎麼把花豹帶出去的時候，背後突然燒出一大片火海。

已經先察覺到危險的俞思晴，急忙跳開，站在周圍的座位上。

手持燃火法杖的女玩家，身旁跟著約十來人的同伴，每個人都掏出武器，看來是打算對付她。

獅子的能力畢竟有限，靠牠獨自攔截所有玩家是不可能的。

雖然俞思晴早料到會有這種狀況發生，但沒想到率先突破重圍，出現在她面前的，竟然是這個公會。

「我是不會讓你對地區王下手的，兔子。」剛才使用火焰魔法攻擊她的女玩家，相當認真地宣告，「雖然我不知道你打算做什麼，但像這樣破壞遊戲，還能稱得上是幻武使嗎？」

破壞遊戲？俞思晴想了下，瞇起雙眸。

對方的表情相當認真，看來要從她眼皮底下溜走，難度相當高。

「為什麼要穿上那種讓人辨識不出身分的時裝？你到底在隱瞞什麼？」

俞思晴沒回答。

「不回答，我們只好逼你回答。」

不用女玩家開口，其他幾名玩家迅速使出「疾步」，一鼓作氣衝向俞思晴。

俞思晴壓低身體，張開防禦，但對方卻使用「破甲」，直接擊碎防禦網，緊接而來的是遠距離攻擊的掃射。

為了閃避攻擊，俞思晴朝定點方向衝出重圍，然而在前方卻已經有對方的刃族戰士在那等待。

全身盔甲，毫無空隙，如同銅牆鐵壁，不動如山地擋住俞思晴的去路。

但身形輕盈的俞思晴，卻直接翻身從對方的頭頂上掠過。

沒想到雙腳還沒踏地，眼前便出現刀光，逼她不得不用胡蘿蔔擋住。

「反應挺快的。」對方是名黑髮男性玩家，俞思晴一眼就認出他是誰，飛快拉開距離。

結果她的前後都被人堵住，而花豹所在的位置也有兩名遠距離攻擊手看守。

俞思晴不悅咋舌，「這下棘手了。」

萬萬沒想到，會一次遇到這麼多難對付的傢伙，而且還是跟最麻煩的公會對上，這下真的插翅難飛。

無冠之王，排行榜前十名玩家當中，有一半都是這個公會的成員，可以說是封測時期的最強公會。

剛才的男人，還有使用火系魔法的女玩家，都在排行榜前十，對現在的她來說，是相當不利的對手。

「你也是玩家的話，為什麼能控制遊戲裡的怪？那隻怪的脖子上也沒有道具項圈，妳到底用了什麼手法？」

俞思晴沉默不語。

與其說她不想回答，不如說她不知道該怎麼回答。

「小鈴。」巴雷特的聲音喚回她的注意力，「時間不多了。」

俞思晴深吸一口氣，握緊拳頭。

「那就賭一把吧。」她勾起嘴角，接著收起時裝。

水藍色的雙馬尾從兔偶裝裡彈出，單手持的狙擊槍口對準地面。

所有人才剛看清楚她的真身，就聽見地面龜裂的聲響，接著崩壞的地板、隆起的土地，讓所有人失去站立點。

俞思晴站的位置向下凹陷，鐵牢與癱軟的花豹也滑入細縫。

女玩家瞪大雙眼，從崩落的地面與倒下的布簾縫中，對上俞思晴的眼眸。

「那傢伙——」

「先走再說！」

一旁的同伴將她拉往外頭，與逃跑的他們不同，俞思晴動也不動地站在那。

就在他們剛衝出帳篷的瞬間，原本應該待在外頭的巨大獅子不知道跑哪去。

過沒幾秒，向下凹陷的地板碎片中，伸出雪白色的羽翼，巨大的爪子用力挺起身軀，將俞思晴和花豹背出來。

在所有玩家的注目下，俞思晴拿著狙擊槍，微微一笑，接著便騎獅子離開。

「那是……幻武使？」

「跟我們一樣是玩家?可、可是為什麼她能……」

不同於系統設定，能自由操縱遊戲內的副本王怪，俞思晴的模樣，深深烙印在所有人的腦海裡。

這時有幾個人忽然驚呼：「啊！那個女生——不是之前我們在追地區王的時候，攻擊我們的人嗎？」

「這麼說有點像……原本以為是要搶怪的，結果好像是在保護牠？」

「保護地區王？我好像也聽其他同伴說過，遇到地區王但被其他玩家攻擊的事。」

見到俞思晴之後，幾個玩家開始討論起來，紛紛回憶其中的古怪。

越想越覺得不對勁，玩家們開始焦躁不安，甚至轉為怒火。

「原來是這樣！怪不得有問題！」

「結果是有人從中作梗！開什麼玩笑！」

雖然有些距離，但俞思晴還是能感受到眾人的怒火，可是她沒時間停下腳步，或擔心自己會被這些玩家圍毆。

現在的她，一心一意只想把花豹還有其他人送回奧格拉斯。

他們不光只是遊戲內的角色，還跟她一樣是活生生的人，想到這，俞思晴就無法撒手不管。

獅子好歹也是副本王怪，腳程相當快，沒兩三下就把其他玩家拋在身後。

可是，她的事情似乎已經傳開，在世界頻道內就能看到其他玩家把她的事情公告出去，通知不在場的人。

使用偵察視覺，注意到周圍有許多接近她的人。

「流星雨！」俞思晴開槍，讓子彈如大雨落下，阻止其他玩家們的腳步。

在這樣一進一退的情況下，她勉強來到戲曲區的傳送陣位置。

遠遠就能看見大神下凡和無緣人在戰鬥，不知道為什麼，竟然連銀也出手協助。

俞思晴見他願意幫忙，鬆了口氣，但眼前卻突然出現光束攻擊，逼得她不得不從獅子背上跳下來閃避。

獅子停下來，慌張地回過頭，見俞思晴用眼神示意牠先離開，才低鳴著將背上的花豹帶往大神下凡的方向。

俞思晴朝攻擊的方向看過去，發現鈴音站在那。

她低著頭，握住法杖的手微微顫抖，雖然見不到表情，但隱約可以感覺出怒氣。

「巴雷特……你先去開啟傳送陣，把他們送走。」俞思晴放開手，巴雷特不得不變回人形，蹲在地上。

他抬起頭，不安地說：「妳是要留在這邊獨自戰鬥？」

「一對一，很公平。」俞思晴從拿出副手弓箭武器，心意已決。

巴雷特看著周圍情況，明白時間不等人，可他卻沒有辦法離開俞思晴身邊。

「如果你真的擔心我，那就不要讓我等太久。」

聽見她這麼說，巴雷特瞪大雙眼，接著迅速拔腿離開。

俞思晴拉開弓，對準鈴音，隨時做好準備。

「……我大概知道妳為什麼會生氣，但這並不是妳非得攻擊我的理由。」

「他明明……是喜歡我才對，為什麼……」鈴音邊哭邊大吼：「為什麼他要護著妳！」

雖然鈴音是補師，攻擊技能不強，技能基本上都是祝福系，但她卻總有辦法讓對手迅速損失血條，踏上四強的位置。

這也是為什麼在跟她對上的時候，俞思晴不能大意。

見她難過哭泣，加上銀協助大神下凡等人的情況，她大概能夠猜出原因。

「我不知道銀跟妳說了什麼，但事情不是妳想的那樣。」

「光殞落！」

無法閃躲的大招籠罩住俞思晴的身體，知道這招無法閃躲，俞思晴果斷張開五指，連續射出手中的箭。

鈴音輕巧地閃避，不帶技能的普通攻擊，對她來說完全不構成威脅。

「聖光束！」

「疾步！」

鈴音的攻擊具有貫穿力，現在的她中了「光殞落」，不能回血，鈴音大概是想趁機大量消耗她的ＨＰ。

她本來就不打算攻擊鈴音，拿出武器也只是做做樣子，現在的她只要撐到讓巴雷特順利開啟傳送陣就好。

與鈴音一進一退的攻防戰，讓她沒有餘裕注意巴雷特他們那邊的狀況。

直到她和鈴音之間射入一道刺眼的光芒，她們才同時回頭，往傳送陣的方向看過去。

傳送陣上浮現出五層魔法陣，各自朝不同方向旋轉，越轉越快，直到光芒融為一體，出現通道。

俞思晴趁這個機會，用「疾步」奔向傳送陣，鈴音見狀，連忙追上去。

「小鈴！」

「巴雷特！」

俞思晴剛到，就看見巴雷特把瘋狂亂抓的白夜交到多厄多手裡。

多厄多與她對上眼，笑嘻嘻地朝她招手後，走入通道內。

巴雷特也趕緊來到她身邊，緊緊抓住她的手腕。

「小心背後。」

耳邊傳來巴雷特的提醒，俞思晴馬上恢復冷靜，頭也不回地將槍口對準背後的人，扣下扳機。

「零距離狙擊。」

緊跟在後的鈴音見到攻擊時已來不及閃躲，直接中招，血條掉了大半，身體也受到攻擊的副作用影響，半身麻痺地倒在地上。

俞思晴收回槍口，輕嘆口氣。

她和銀對上眼，稍稍嚇了一跳，因為攻擊鈴音而感到心虛，無法直視他。

一旁的大神下凡和無緣人走到她身邊，和她一起注視通道消失。

現在他們根本無心思考，該怎麼處理那些發怒的玩家，在傳送陣消失後，系統「嗶」一聲發出公告。

系統自動彈出「遊戲結束」的字樣，緊接著參與「神祭戰曲」的玩家，全都被強制登出遊戲。

俞思晴猛然驚醒，迅速拿下眼罩，氣喘吁吁地趴在椅子上咳嗽。

「咳、咳咳！」她忽然感到反胃，噁心想吐，頭暈目眩，沒辦法好好看清楚。

「小鈴！妳沒事吧？」巴雷特扶著她的身軀，一碰觸到她，臉色突然變得很難看。

「難道說……」他不安地低語，不顧俞思晴難受的模樣，將她胸前的衣服剝開。

當他看見俞思晴胸口的肌膚出現紫黑色的瘀青時，瞳孔放大，氣憤地咬牙。

「該死，原來他在打這種算盤！」

「巴雷特……我想睡……」

俞思晴昏昏沉沉，不掙扎也不想思考，整個人癱倒在巴雷特的臂彎裡。

巴雷特小心翼翼地將她抱上床，替她蓋好棉被。

看著俞思晴痛苦皺眉的表情，巴雷特自責不已。

「對不起，小鈴……」

「神祭戰曲」果然是陷阱。

組織的人，並不是打算跟他見面好好談談，而是想利用這次機會，一口氣把跟他有關係的人全部揪出來，烙下印記。

也就是說，包括俞思晴在內，協助四名地區王離開的幻武使，也都中了招。

「打算把知情的人全部都殺死嗎？那混帳。」

「巴雷特。」薩維弩突然出現在房間裡，一見到俞思晴的狀況，同樣露出擔心的神色，「……繆思大人擔心的狀況果然發生了。」

「你來做什麼？我已經把那四人交給多厄多他們處理，繆思那邊不用插手。」

被巴雷特凶惡的視線盯著，薩維弩差點緊張得咬到自己的舌頭。

牠知道巴雷特擔心俞思晴，嚴格來講，俞思晴遇上這種狀況，也是始料未及。

「這是法族的詛咒，想解除的話，得去找奧多協助。」

想起那條金色小龍，巴雷特眉頭緊蹙，「但牠在遊戲裡，這詛咒是拒絕魔法，依照剛才的情況來判斷，這個魔法的作用應該是『強制登出』。」

「強制登出？那意思就是——」

「嗯，被烙印的幻武使無法登入遊戲。」

巴雷特嘆口氣，溫柔地撫摸俞思晴的臉頰。

不知道是不是錯覺，感覺到他的體溫，俞思晴的表情稍微舒緩一些。

「總之，我現在不能離開小鈴，所以得由你去幫我看看其他三人的情況，再回來通知我。」

「我明白了。」薩維弩點點頭，「還有其他我能幫上忙的嗎？」

「……告訴繆思，我要提早出手。」

薩維弩有些不安地看著巴雷特，但他的表情相當認真，不像是在開玩笑。

牠只好盡力完成牠身為「傳話筒」的工作。

「小心點，巴雷特。」

留下這句提醒，薩維弩帶著不安離開房間。

巴雷特盯著俞思晴的睡臉，低語道：「我會保護妳的……小鈴。」

第四章　没有神的世界（上）

Sniper of Aogelasi

當俞思晴醒過來的時候，她發現自己躺在床上，熟悉的天花板及房間，讓她感到安心，但昏沉的腦袋和仍有些反胃的肚皮，還是令人難受。

「唔嗯……喉嚨好乾……」

俞思晴翻身想要起床，卻愕然對上巴雷特近在眼前的睡臉，嚇得她手忙腳亂，重心不穩地摔下床。

砰一聲巨響，把熟睡的巴雷特驚醒。

「小鈴？」回頭看見俞思晴四腳朝天，躺在地上，「妳怎麼睡在那？」

多虧這一摔，反胃和頭痛全都被拋到腦後去了。

俞思晴辛苦地翻身爬起，哀怨地噘嘴。

她這張床可是單人床，兩個人睡根本犯規！

「我才想問你怎麼會睡在我旁邊！」

「我看妳冷得發抖，就鑽進棉被替妳取暖。」

她該慶幸爸媽不在家，要是被看到這個情況，肯定會被叫去開家族會議。

「昨天那是怎麼回事？」俞思晴依稀記得自己被強制登出的事，多虧被巴雷特嚇一跳，加上屁股痛得發麻，她的思緒變得清楚許多。

巴雷特面有難色地回答：「我們中計了。」

「中計？」

「組織根本沒打算和我見面，而是想找出誰跟我有關聯。」

俞思晴驚訝地張大眼，「什麼……所以才沒有阻止我們救走白夜他們？」

巴雷特點點頭。

「意思是，大神下凡他們也曝光了？還有銀跟小無……」

她跟大神下凡本來就知情，可是無緣人和銀卻是被他們無端牽連進來，害俞思晴相當自責。

尤其是銀，她還沒跟他解釋清楚。銀肯定在生她的氣。

「可是就算被強制登出，照理來說我身體也不會出狀況，更不可能昏睡到現在才醒來。」俞思晴邊碎碎念，邊低下頭。

覺得胸口有點冰冷的她，發現自己半個胸部完全裸露在巴雷特面前，嚇得連聲音都發不出來，趕緊把衣服拉緊，轉身背對他。

「我我我、我的衣服，什麼時候……」

「妳注意到了？」巴雷特看她滿臉通紅，還以為她身體又不舒服，趕緊下床湊過去，「小鈴，妳還在發燒。」

看到巴雷特的手靠近自己，俞思晴緊張地揮開。

巴雷特沒想到會被她拒絕，一臉吃驚，俞思晴也猛然回神，慌忙地流下汗水。

「不、不是，那個……我沒事……」

俞思晴真想找個地洞鑽進去，她的身體，都被巴雷特看光光了。

巴雷特把手收回，「妳胸前的印記，是法族的詛咒。」

「咦？詛咒？」聽見他這麼說，俞思晴才低頭看著自己的身體，果然發現有個像是紋身的圓形圖樣。

這東西她在遊戲裡見過，是法族使用詛咒後留下的烙印。

「我以為他們不會對幻武使出手。」

「是不會，這個詛咒只是單純的限制，讓你們無法登入《幻武神話》。」

「無法登入！」俞思晴驚呼。

「嗯，一旦登入就會出現昨晚那樣的情況，受到詛咒的身體會產生排斥反應。」

「排斥……反應……」想起那時的痛苦感受，俞思晴臉色鐵青，「如果我無法登入遊戲，不就幫不了你了嗎？」

巴雷特和她成為搭檔的理由，就是想要以她為媒介進入《幻武神話》，若她無法登入遊戲，就等於成為巴雷特的拖油瓶。

她不要變成這樣！

「沒有辦法解除詛咒嗎？」

「有，需要同為法族，而且程度較高的武器ＡＩ，還要是我們能信任的人。」

「嗯……這……」

「最佳人選是奧多，可牠在遊戲裡。」

「也就是說，想要解除詛咒，得從現實世界找。」俞思晴嘆口氣。

在她的世界裡，也有幾個武器ＡＩ存在，但都是奧格拉斯組織的人，要找那些人協助，根本是不可能的事。

「話說回來，大神下凡他們還好嗎？」

「我讓薩維弩去看看狀況了，他們沒事。」

俞思晴鬆了口氣，「那就好。」

「不過你們四個人都中了詛咒。」

「……果然嗎？這下難辦了。」

俞思晴拿起放在桌邊的手機，馬上就看到大神下凡的留言。

「他的速度真快，已經和小無約好時間見面。」

知道大神下凡有意把人找齊，解釋目前的狀況，俞思晴就感到頭疼。

她膽怯地打開與銀的 LINE 對話，正在猶豫該傳些什麼的時候，銀那邊就發來訊息。

「哇！」俞思晴嚇了一跳，看到訊息瞬間變成已讀，內心喊糟。

這不就讓銀知道她正開著對話框嗎！

不出所料，銀馬上就打電話過來。

俞思晴慌慌張張地接起來，心虛地壓低說話聲：「……喂？」

「妳有話要跟我說吧？」

銀的聲音聽起來冷冰冰的，和他以前溫柔的態度完全不同。

自知理虧，還把人無端捲入紛爭，俞思晴沒有理由拒絕。

「嗯。」

電話那頭傳來銀的嘆息聲。

「那麼得找個耀光不知道的地方。見面地點我來選可以嗎？」

「可、可以。」

「我明天下午可以提早離開學校，約兩點半左右見面？」

「好。」

「地點我晚點再傳LINE給妳。」或許是聽出俞思晴的聲音有氣無力，銀又補充一句：「別在意，我並沒有生氣。」

俞思晴愣了下，雖然她知道銀很擅長觀察他人的臉色，但沒想到隔著電話，也能夠注意到現在她是什麼表情。

「你沒有生氣？為什麼……明明在遊戲裡的時候……」

「當下是很氣沒錯，但我只是氣妳把這麼重要的事情瞞著我們。」

「對不起，我原本沒打算把你捲進來。」

「是我自己硬跟著妳，不是妳的錯。」

銀的語氣恢復以往的溫柔，讓俞思晴感到安心。

銀沒有生她的氣，太好了。

簡單地寒暄幾句後，她掛上電話，回頭就看到巴雷特一臉不滿地站在她身後。

「唔！巴雷特，你別離我這麼近。」

「妳在我面前，和別的男人聊得這麼開心？」

「才沒有，銀跟小無一樣，都是被我們捲進來的，我還得和他見個面……」

「我也一起去。」

「呃、可是我想單獨和他見面，這樣才能好好道歉。」

「妳打算跟他說組織的事吧？那麼我也跟著去，比較有說服力。」

「好吧……那，你順便幫忙把大神和小無帶來，我會事先跟銀說好的。」俞思晴嘆口氣，「現在我們都是同條船上的人，應該要互相認識一下。」

「這點我同意。」

見巴雷特點頭，俞思晴便開始傳 LINE 告訴大神下凡這件事。

「大神下凡說他正好有事要和你談。」俞思晴抬起頭，「你直接去他家找他就好，還記得怎麼過去？」

「我知道。」巴雷特雖然很擔心俞思晴要和銀單獨見面的事，但大神下凡說有事找他，讓他很在意。

總覺得那個男人手裡還藏有什麼牌，讓薩維弩去探視情況的時候，只有大神下凡的狀況比其他人來得穩定，彷彿已經知道原因。

他不由地思索，會不會跟大神下凡曾經提過的「線人」有關。

「那麼我先去沖個澡。」俞思晴放下手機，往房外走，「你在這裡待著別亂跑，我馬上回來。」

才剛督促完，俞思晴的肚子就傳來咕嚕聲響。

巴雷特忍不住笑出來，俞思晴則是滿臉通紅。

「笑、笑什麼？我什麼都沒吃，當然會餓……」

「那麼我去做點什麼來吃。」巴雷特邊說邊跟著她來到門口，下巴輕輕靠在她的頭上。

「你會下廚？」俞思晴驚訝得眨眼，「不……應該說，你會用廚房？」

「武器AI的適應力可是很強的，不然奧格拉斯組織的人埋伏在這裡好幾年，都沒人察覺異樣。」

「說的也是。」俞思晴馬上就接受巴雷特的解釋，「接下來我們該怎麼辦？」

「不用擔心。」巴雷特從背後緊緊摟住俞思晴，「我絕對會保護妳的。」

「巴、巴雷特！」俞思晴縮在他的懷中，享受溫暖的同時，又感到害臊不已。

坦白說她有點害怕。

身體的變化，被下詛咒的感覺，都讓她覺得自己變得越來越陌生。

總覺得，她會越來越不像自己。

可是，想到能夠和巴雷特在一起，膽子就越來越大，無所畏懼。

巴雷特去廚房做飯給她吃，獨自進入浴室的俞思晴，在鏡子前脫下衣服。

胸口的印記仍舊讓她不安，只要這東西存在，她就不能登入《幻武神話》。

——這樣絕對不行，她得幫助巴雷特，也想阻止奧格拉斯組織的計畫。

俞思晴定下心神，決定將自己的事置之度外。

奧格拉斯握有他們的把柄，可他們卻沒有能用來對付他們的牌。

「總之，要先跟大神他們討論好接下來該怎麼做才行。」

既然無法登入遊戲，那麼，就只好從現實生活來下手。

隔天，巴雷特依約前往大神下凡的住處。

當他到的時候，除大神下凡外，還有個身材高大的男子。

對方見到他，一臉吃驚，慌慌張張地揮舞雙手。

「巴雷特？不會吧！竟然是真的……」他快步走過來，伸手摸了摸，像是在確認，「活、活生生的耶，太有趣了。」

「你是誰？」巴雷特冷眼瞪著他。

男子接收到他帶著怒火的目光，連忙把手收回，往後退了好幾步，躲在大神下凡背後，瑟瑟發抖。

大神下凡無奈地嘆口氣，開口回答巴雷特的問題：「他是小無，無緣人。」

「我知道，奧多的搭檔。」

「你、你好，初次見面……請、請叫我小無就好……」

明明身材高大，但無緣人說話的聲音卻如細蚊般，幾乎聽不見。

巴雷特對他沒有興趣，很快地走向大神下凡。

「你說有事要跟我談？」

由他開口，大神下凡也樂得輕鬆，只不過，身後的人已經害怕到快哭出來，不處理一下不行。

「可以是可以，但這傢伙也要一起。」

「小鈴說我們都是同條船上的人。」

「她說得沒錯，這次的事，得我們四個人配合。」

巴雷特皺緊眉頭，無可奈何地將視線轉移到無緣人身上。

第一次被他直視的無緣人，緊張到被自己的口水噎到。

他臉色蒼白，相當膽怯地別開視線。

「我並不打算把這麼多人捲進來，畢竟這是奧格拉斯的事。」

「組織可不是這麼想。」大神下凡邊說邊聳肩，「這次被他們耍著玩，我沒打算忍氣吞聲。」

聽他這麼說，巴雷特好奇地眨眼，「你有什麼計畫？」

「已經用 LINE 大概和小鈴說過，不過能不能成功，就得看你的表現。」

「我？」

看著大神下凡的笑容，巴雷特隱約察覺到，他的點子絕對不是什麼好主意。

「你想不想跟小鈴遇到的那個男人見面？」

「……我說你，是認真的？」巴雷特蹙眉，大神下凡真打算冒風險讓他們在現實世界見面？

要是武器ＡＩ在這裡打起來，可是會立即登上新聞頭條。

「我們並不是完全被逼到死路。」

「意思是你還有其他備用計畫？」

「正是。」大神下凡笑彎雙眸，看起來頗欠揍，卻又不得不佩服他的聰穎。

巴雷特本來就不太喜歡這個傢伙，若不是俞思晴要求，他也不願意和他合作。

但就像大神下凡說的，現在的他不能固執地堅持原計畫，連累俞思晴。

巴雷特對於自己的計畫，有百分之百的信心，從未被對手反咬一口。

然而，俞思晴的出現，卻打亂了他的計畫。

他一開始只打算利用自己的幻武使，並沒有想過要連心都交給她，甚至和她締結「契約」，貪婪地將她綁在自己身旁。

與他不同，大神下凡打從最初和他們合作，就沒有把底牌全翻開，這傢伙看似輕浮，可思考能力卻不輸給他。

巴雷特沒有花太多時間，便接受他的提議。

「你為什麼想讓我跟那個男人見面？」

「反正我們都已經曝光，不是他來找我們，就是我們去找他。與其等待，不如直接過去找人，省下彼此的時間。」

「那也用不著殺進大本營。」巴雷特雙手環胸，大概猜到他想做什麼。

大神下凡有個線人在遊戲公司內部，既然他提出想要直接見對方，就表示他打算讓線人的存在曝光。

「你的線人會有危險的。」

「那也得看看他們有沒有能耐找到他。」

「聽起來你對他很有信心。」

「當然，也不想想他潛伏在裡面多久。」

「……好吧，如果有兩全其美的辦法，我可以答應。正好我也想見見他。」

「要是我們能像在遊戲內那樣，從旁協助你就好，至少能替你增加戰力。」大神下凡搖搖頭，「正因為我們做不到，所以我希望你能跟小鈴一起去。」

巴雷特瞇起眼，相當震怒。

「我不會帶她深入危險。」

「但她是你的搭檔，沒有她，你無法戰鬥。」大神下凡聳肩，「這裡可不像你的世界，能隨便弄到武器，現在你的身上並沒有『副手武器』吧？」

「……就算沒有，我也能戰鬥。」

「你甘願冒這風險，讓小鈴擔心？」

「唔。」巴雷特說不出話，相當猶豫。

確實，若他的搭檔不是俞思晴的話，他肯定會毫不猶豫地帶上對方。

「呃、那個，有什麼是我能做的嗎？」

被冷落許久的無緣人，怯生生地開口。

巴雷特掃過他的臉，見他怕自己的膽小模樣，忍不住嘆息。

「如果你搭檔在這裡的話，就方便多。」

「奧多嗎？」無緣人眨眨眼，沮喪地低下頭，「說、說的也是，果然團隊裡面還是要有武器的補師比較好吧，再說我還只是個高中生……」

「難道不能像你一樣，把小無跟銀的武器AI傳送到這邊來？」大神下凡很早以前就想這麼問了。

「可以，只要像我和小鈴這樣，交換契約就好。」

無緣人驚訝地眨眼，「也就是說，如果我可以見到奧多，和牠交換契約，這樣我在這邊也能使用法術？」

「嗯。」

「好酷啊！」原本膽怯的眼神，頓時閃閃發光，崇拜不已地看著巴雷特，但沒過多久，又恢復沮喪的態度，「可是我們現在登入不了遊戲……」

「對方就是這個打算，怕我們又增加戰力。」大神下凡雙手環胸，對這結果並不感到意外。

令他擔憂的是，他們幾個在《幻武神話》的封測玩家眼裡，已經是黑名單，要是他們被集體圍剿之類的，也不意外。

更不用說，現在他們幾個都無法上線，從別人眼中看來，就像做了虧心事逃跑。

他大神下凡雖然是個奸商，但可不是什麼人渣。

「我會請我的線人安排機會，讓你進入遊戲公司，和那個男人見面。他會負責保護你的安全。」

這麼做風險很高，卻有必要。

巴雷特挑眉，「讓我冒這風險的理由是什麼？」

「他手裡有能夠解除我們身上詛咒的道具。」大神下凡毫不隱瞞地回答，「但我需要有人幫我轉移他的注意力，這樣我的線人才有辦法拿到手。」

「既然如此你就早講。」巴雷特沒有拒絕的理由，他這麼做不是為了大神下凡等人或自己的目的，而是為了俞思晴。

「就這樣決定了。」大神下凡一笑，對身後的無緣人說：「那麼，接下來就該去跟咱們三人小隊的新成員見個面。」

俞思晴很快就來到與銀約見面的地點，在聽見銀親口對她說，他沒生氣之後，懸著的心雖然稍稍放下，但見到本人後，她卻又開始緊張。

銀發現她，舉手朝她喊道：「這邊。」

他約的地點是咖啡店，店門口外還有露天座位，即便起身喊人也不會突兀。

原本她以為銀會約更隱密的地方，沒想到竟然是如此熱鬧又公開的地點。

俞思晴拉緊肩上的背包帶，抿緊雙唇走向他。

「銀。」

「在外面就叫我的名字，不然聽起來挺怪的。」銀朝她苦笑，「我們很早之前就用 LINE 介紹過彼此的姓名了吧？」

俞思晴愣了下，點點頭，「呃、韋哲……」

親耳聽見俞思晴喊自己的名字，衝擊力比像中還大，銀不由得臉頰泛紅。

他輕咳兩聲，讓自己的心冷靜下來，看著俞思晴在自己面前坐下。

打從第一次在現實生活裡見到俞思晴，就覺得她很可愛，也不知道為什麼，目光總是離不開她。

想了很久，也思考許多原因，但再怎麼想都只有一種結論——他對俞思晴有意思。

他雖然猜測鈴音就是他在找的人，可是在確認自己的心情後，他忍不住期待俞思晴也有那一丁點的可能性。

若是這樣，他大概會緊張到連杯子都拿不穩。

「那個，會長有聯絡你嗎？」

「是指我們幾個被封測玩家當成黑名單的事？」銀明白他的意思，點點頭，「耀光確實有聯絡我，不過我沒接電話，怕她會跑去我家抓人，這幾天我都住我其他朋友那邊。」

「這、這樣啊。」

「妳呢？」

俞思晴想了下，她認識的朋友只有安，可是安卻沒有聯絡她。

喜歡八卦的安，不可能錯過這次機會才對。

於是她回答：「沒有，我本來就不太喜歡跟其他玩家在線下見面，所以不會有人知道我是誰。」

「這樣啊……」

銀猶豫半晌，吸口氣，好不容易鼓起勇氣開口：「吶，我說，妳應該有聽耀光說過我玩《幻武神話》的目的吧？」

俞思晴內心驚愕，卻故作冷靜，點點頭。

「說來真不好意思，竟然會對不認識的玩家一見鍾情……連我也覺得自己這樣很蠢。」

「我不覺得這樣叫蠢，反而很厲害。」

「呵，謝謝妳。」被俞思晴這麼一說，銀的心情也輕鬆不少。

不過，銀的態度看起來並不像是初次接收這些虛幻資訊的樣子，俞思晴有些懷疑，忍不住多看他兩眼。

想起巴雷特說過的話，俞思晴半信半疑地問：「你見過薩維努？」

「那隻小蝙蝠嗎？」

「嗯。」俞思晴恍然大悟，「看來薩維努已經對你說過什麼了。」

「牠確實告訴我不少事，妳大概在想，為什麼我的接受度會這麼高吧。」

「連我都花點時間才接受，銀……韋哲果然是個大人。」

「親眼看到會說話的蝙蝠，還有身上留下的、與遊戲內詛咒魔法相同的烙印，就算我不想承認也得面對現實。」

「這、這樣啊。」俞思晴低頭吸果汁。

「我今天約妳出來，除了談這次的事之外，還想跟妳確認一件事。」

俞思晴心裡一驚，似乎已經猜到銀想問的是什麼。

在他開口後，俞思晴內心浮現出「果然如此」四個字。

「思晴，妳是『雪鈴鐺』嗎？」

「雪鈴鐺」是她玩上一款網遊時使用的角色名字，既然銀會這麼問，就表示他已經開始懷疑。

面對銀，她實在無法說謊隱瞞，本來想著不要被他察覺到就好，結果卻事與願違。

「……抱歉。」俞思晴只能選擇坦白，「那個，我、我確實是……」

她以為自己知情不說，會讓銀生氣，但她開口承認後，對面一片安靜，她忍不住好奇地把頭抬起，發現銀竟然滿臉通紅，瞪大雙眼看著自己。

視線交錯的瞬間，銀竟然主動移開，用手摀著嘴，說不出話。

「韋——」

「等、等等，拜託妳等我一下。」

銀伸手阻止她繼續說下去，俞思晴只能乖乖照辦。

兩人就在這尷尬的氣氛中，安靜地坐在位子上。

等了好一段時間，銀總算把臉上的燥熱感退去，主動開口。

「對不起，明明是我先問的，但我卻不知道該說什麼才好。」

已經確定俞思晴就是他在找的、那個擁有「鈴」字暱稱的玩家，反而讓銀感到羞恥。

這表示俞思晴早知道這件事，而且還看著他愚蠢地去搭訕其他女性玩家，甚至還很有自信地認為鈴音就是她。

銀現在有種想把自己徹底掩埋的衝動。

「不，知情不說的我也不對。」

「那我們扯平了？」

俞思晴沒想到他會這麼說，愣了下，忍不住笑出來。

「你真怪。」

俞思晴的笑容讓銀看得出神，他很喜歡看她笑起來的樣子。

雖然初次相遇是在遊戲內，但他卻慶幸自己喜歡上的人是她。

「不知道妳記不記得，我遇到妳的事？」

「我都是獨來獨往，說真的，我不知道為什麼你會對我一見鍾情。」

「那妳記得『君無名』這個名字嗎？」

「……啊。」俞思晴睜大眼睛，她確實有印象。

上一款遊戲是中國古風的武俠網遊，她曾經在打完副本正要回大城的路上，遇見誤闖高等地圖而被主動怪追的新人玩家。

當時她沒有多想，順手幫了對方，還難得地帶了那個人一段時間。

原來銀就是那個小菜鳥。

「你是君無名？」

「是啊。」銀笑道。

「你、你為什麼後來突然沒上線了！」

俞思晴很少與其他人一起玩遊戲，所以記憶特別深刻，再說當時她還為此跟安碎碎念了好段時間，連安都忍不住懷疑，她是不是對君無名有意思。

雖然當下她極力否認，但不得不說，當時的她確實有點欣賞這個菜菜的新手。

只不過，從某天開始，君無名便不再上線，說好的「明天見」，成了與他最後的交談。

「抱歉……」銀的語氣帶著滿滿的歉意，「後來我察覺到自己喜歡上妳，也明白自己應該把現實與遊戲分開，所以沒有勇氣再上線。」

「唔！」發現銀有著跟自己一樣的想法，俞思晴忍不住縮緊肩膀。

她也總是強迫自己把兩者分開，因此後來也沒再登入那款網遊了。

「我後來股起勇氣上線時，發現妳已經好幾天沒登入，我才明白自己比想像中還要喜歡妳。」

銀露骨的告白，讓俞思晴滿臉羞紅，心跳撲通撲通狂跳。

「所以我開始調查有關妳的事，才發現原來妳是很有名氣的玩家，後來聽說妳取得《幻武神話》的封測帳號，所以我才來玩這款遊戲。」

「你、你花了那麼多心力，就只為了找不一定能見到面的我？」俞思晴害羞不已，連把這句話說出口都有些難度，「你、你果然是菜鳥無名。」

「呵，好久沒聽妳這樣叫我了。」

越是和俞思晴聊下去，銀就越能確認，俞思晴確實就是雪鈴鐺。

那段時光對他來說是珍貴的寶物，怎麼樣也不會忘記。

就在兩人氣氛融洽的時候，巴雷特臭著臉，帶著大神下凡與無緣人來到會合點。

巴雷特看見俞思晴臉頰泛紅，可愛害羞的模樣，一股怒火衝上腦袋。

「你們在聊什麼？」

俞思晴嚇了一跳，連忙轉頭，發現巴雷特表情可怕到極點。

不知道為什麼，她竟然感到心虛。

「沒什麼。」回答問題的人是銀，他笑著招呼三人坐下，並對俞思晴使眼色，暗示她別告訴他們三人。

俞思晴不習慣對巴雷特隱瞞，但這件事不瞞的話，反而會讓狀況變得更複雜。

巴雷特爽快地坐在俞思晴身旁，另一側則是被大神下凡占據，害怕巴雷特的無緣人只好黏著大神下凡坐，把巴雷特身旁的位置留給銀。

五人就這樣圍著圈坐著，氣氛凝重。

「我是大神，這傢伙是小無。」大神下凡無視吃醋的巴雷特，友善地和銀打招呼，「抱歉把你捲進來。」

「不，沒關係。」銀伸出手與大神下凡相握，禮貌性地點頭，「薩維弩只大概跟我說了一些事，以及這個詛咒。」

「我也有見到牠，會說話的蝙蝠好厲害啊……」無緣人回想起見到薩維弩的情況，直到現在仍然感到佩服不已，「簡直就像在玩遊戲。」

俞思晴是第一次與無緣人在現實中見面，平常習慣他在遊戲內的矮小角色，沒想到現實的他，居然是個身高一八零以上的高大男孩。

——只有膽小這點沒變。

正當她想著這件事的時候，無緣人也正好看過來。

「那、那個……小鈴？」

「嗯，我是。」俞思晴笑著和他打招呼，「你好，小無。」

無緣人開心地紅著臉，「妳好！小鈴果然跟我想的一樣，很可愛。」

「我第一次見到她的時候也這麼想。」銀笑著說。

「雖然是個高中生，但很有氣質也很成熟呢，連我這大人也被迷得暈頭轉向。」

大神下凡雙手環胸，頻頻點頭。

這麼多人稱讚他的幻武使，巴雷特雖然高興，但也相當不爽。

「我話先說在前頭，小鈴是我的，你們誰都搶不到。」

直接了當地宣示自己的主權，讓三人看傻了眼，目不轉睛地盯著他跟俞思晴。

俞思晴被看得不好意思，卻又不知道該怎麼解釋才好，慌慌張張地說：「那、那個！我們趕快討論接下來的計畫，不要再圍著我聊了啦！」

「呵呵，小鈴慌張起來也很可愛呢。」

大神下凡一句欠扁的話，馬上就招來俞思情的冷眼側目。

大叔心裡受到挫折，俞思晴對他的態度真是令人心寒。

明明在和銀聊天的時候，露出這麼愉快的笑容。

「唉，小鈴妳差別待遇。」

「我才沒有。」俞思晴小聲咕噥著，眼神不自覺落在銀身上。

以前在意過的對象，與她現在喜歡的人，坐在一起的感覺，害她內心百感交集。

她明明應該要把注意力放在奧格拉斯組織身上，然而現在，她卻只想和「君無名」多聊幾句。

銀是「君無名」這件事，徹底動搖了她的內心。

第五章　没有神的世界（下）

Sniper of Aogelasi

依照大神下凡的計畫，先讓巴雷特和之前威脅過她的男人見面，好讓大神下凡的線人順利取得解除詛咒的道具，讓他們恢復自由之身，重回遊戲。

上線後會有什麼樣的麻煩在等他們，誰也不知道，但肯定的是，不重回遊戲的話，他們幾個的名譽會黑到連漂白劑都救不回來。

再說，他們也不敢確定，這個詛咒是否只針對《幻武神話》這款遊戲，萬一所有網遊都無法登入——對網遊玩家來說是一大傷害。

她原本以為巴雷特不會讓她跟過去，沒想到他意外地願意讓她涉險。

被巴雷特需要，讓俞思晴相當開心，可從她和銀見面後，巴雷特的態度就怪怪的。

換作平常，他早就霸道地說些任性的話，甚至對她毛手毛腳，用那些甜言蜜語害她心跳不已，但巴雷特卻一反常態地沉默。

從會面到大神下凡確定時間、讓他們前往遊戲公司這段期間，巴雷特都沒有提過銀的事，說話也比以往少。

幸好她父母從鄉下回來後，巴雷特就回去跟大神下凡住，不然她大概會被這令人窒息的空氣搞到缺氧。

巴雷特以人形姿態，大方地跟隨俞思晴走進遊戲公司，兩人脖子上掛著參訪人員的牌子，並肩走著，卻保持維妙的距離。

「你會緊張嗎？巴雷特。」俞思晴拍拍胸口，會這麼問是因為她很緊張。

「不。」巴雷特牽住她的手，「如果妳怕，就躲在我身後。」

許久沒有碰觸到他，俞思晴感到一陣安心，忍不住朝他手臂蹭過去。

巴雷特瞪大眼看著她磨蹭自己的動作，緊皺的眉頭、僵硬的表情，全都鬆懈下來。

他下意識用力握住她的手。

「妳的體溫比平常還低。」

「面對未知的事，誰都會這樣。」

「沒事的，只是談談。他不會在人多的情況下出手，引起不必要的混亂。」

「好……」

對方是遊戲製作人，平常要見到他很難，不過，遊戲公司在今天開了個學習會，讓各界的相關工作人員參加並分享，那個男人也會以主講人的身分出席。

他們只要讓他看見就好，只要讓那個人注意到他們，大神下凡的線人就能順利行動，取得他們需要的道具。

聽起來很像在遊戲內解任務，但這裡可是現實。

俞思晴還是頭次覺得自己的人生，竟然會和網遊世界如此相像。

如巴雷特所說，參加學習會的人很多，走在這些人當中的俞思晴，本來就有著與年齡不符的氣質，不太有人注意到她「年齡不符」這件事。

在各自就坐後，學習會便開始。

燈光暗下，只剩舞臺的亮光，隨著主持人介紹，《幻武神話》的遊戲制作人走上來。

再次見到那個男人，俞思晴鎖緊眉頭，直盯著他看。

「妳看得太認真了，小鈴。」巴雷特壓低聲音提醒她。

「我想說這樣他才會注意到我們。」

「這點倒是不用擔心。」巴雷特面無表情，「他早就知道我們在這。」

俞思晴瞪大眼，腦筋一轉，問道：「難道你們武器ＡＩ之間有什麼特殊感應？」

「算是，周遭有其他武器ＡＩ的話，我們多少會察覺到，類似氣味那種吧。」

「還真危險。」俞思晴忍不住好奇起來。

看見她疑惑的眼神，巴雷特繼續解釋下去。

「能力高的武器ＡＩ可以隱藏自己的存在，相對的，能力低的武器ＡＩ甚至連氣的存在都感覺不出來。」

「那你是屬於哪種？」

巴雷特勾起嘴角，「當然是前者。」

他自信滿滿的態度，雖然很吸引人，但俞思晴反而覺得自己有點像傻瓜。

俞思晴嘟起嘴抱怨：「既然如此，你應該早點跟我說，這樣我就不會老盯著他看，像個笨蛋似的。」

「我想看看小鈴的反應。」巴雷特輕笑道：「結果比想像中還要可愛。」

「可——就、就叫你別說我可愛了！」俞思晴差點沒大聲喊出來，努力壓抑聲音，滿臉通紅地低下頭。

沒隔幾秒，她就感覺到巴雷特湊過來，在她臉頰上親了一口。

她嚇得張大嘴，想叫卻只能將聲音卡在喉嚨，無聲地朝他投以抱怨的眼神。

巴雷特倒是玩得很開心。

坦白說，她鬆了口氣，原以為巴雷特心情不好，是因為她瞞著他有關銀的事，但現在兩人的相處與以往沒有不同，也就是說，他氣消了吧？

俞思晴悄悄看過去，馬上打消這個念頭。

不，巴雷特不可能這麼輕易就放棄，總是對她的事情如此執著，絕對不會因為這樣就不在意她跟銀之間的事。

也就是說，現在的巴雷特想暫時把這件事放在最後，以正事為重。

——但這樣還是會讓她在意到無法專注眼前的問題。

「巴、巴雷特。」她膽怯地喊他的名字，「我會說的，再給我一點時間好嗎？」

巴雷特愣了下，笑容中夾帶著苦澀的味道。

「妳指的是什麼？」

「就是……銀的事……」

他明白俞思晴是個溫柔的女孩，若可以的話，他並不想讓她如此煩惱。

可是，自己對她的感情，已經貪婪到連他自己都覺得驚訝的地步，光是想到俞思晴和其他男人有過親密或曖昧的過去，就令他怒火中燒。

明明俞思晴已經選擇他，還跟他訂下契約，這表示之後俞思晴只能留在奧格拉斯，與他永遠在一起，可是……

「我也需要點時間。」巴雷特垂下眼，「所以，我們暫時不談這件事。」

俞思晴雖然覺得巴雷特的回答有些古怪，卻還是接受他的提議。

「好。」她握住巴雷特的手，「那我們還是跟以前一樣？」

「嗯，一樣。」巴雷特舉起她的手，親吻手背，「我絕對不會討厭小鈴，也不會丟下妳。」

俞思晴紅著臉，羞澀不已。

現在，她的心只會因巴雷特而小鹿亂撞。

巴雷特朝俞思晴露出笑容，見她低下頭，因為自己的甜言蜜語而臉紅，便覺得她可愛到不行。

他的視線很快轉移到在舞臺上演講的男人，不知道是湊巧還是刻意，兩人的視線就這樣對上。

眼瞳中映照出彼此的面孔，男人勾起嘴角，淺笑著。

巴雷特眼神變得銳利，惡狠狠瞪著他看。

演講結束後，是互相交流的茶會。

俞思晴跟著巴雷特走在人群中，見他毫不遲疑地往前走，彷彿已經確定目標。

在和巴雷特說好不去在意後，他的態度就變得有些古怪，雖然她對於武器ＡＩ還有很多不懂的地方，但再傻也能明白，應該是和遊戲製作人有關。

難道武器ＡＩ之間還有心電感應不成？

穿越人海，俞思晴跟著巴雷特來到被人們圍繞的遊戲製作人身旁。

再次近距離與男人見面，俞思晴不由得緊張起來，回想起與對方初次遇見的情況，不禁流下汗水。

遊戲製作人注意到巴雷特，與身旁的人打個招呼後，便來到巴雷特和俞思晴面前。

他的視線很快掃過俞思晴的臉，勾起嘴角。

巴雷特揮手擋住他的視線，不讓他盯著俞思晴瞧。

「你們不是相關人員吧，是用什麼手段混進來的？」男人聳肩，「算了……你們大費周章跑來見我，是為了神祭戰曲的事？」

「少說廢話，夏尼亞。你想見的人是我，犯不著把其他人捲進來。」

巴雷特似乎早就認識遊戲製作人，熟稔地喊出男人的名字。

男人不以為意，「我才該感到驚訝，巴雷特，沒想到你會用這種方式瞞過我們的眼線，偷溜到異界。」

「不這麼做，沒辦法阻止你們的瘋狂計畫。」

「我們做的事，是為了奧格拉斯的未來著想，你比誰都清楚才對。」

「但是你們的方式不對，一命換一命什麼的……你讓我們的人民用什麼樣的心情活下去？」

「所以他們不會知道，奧格拉斯也不打算將這件事外流——除非你多嘴。」

夏尼亞的眼神突然變得可怕起來，連俞思晴都能感覺到周圍氣氛變得不同。她慌張地看著周圍，發現在場有幾個人正在注意他們三人。

俞思晴馬上就察覺，這些人都是武器ＡＩ，估計是夏尼亞帶來的人。

從外表來看，他們與人類無異，卻是能夠幻化成各種武器、使用特殊力量的異界人，就這樣大刺刺地隱藏在人群中。

夏尼亞果然不會單身一人出席這種活動，尤其知道敵人是巴雷特，當然會更加小心。

「放心，我們並不想引起騷動。」夏尼亞對俞思晴說，「當然，我也不打算換地方談。」

「你想把這些人當成人質嗎？」

巴雷特一說出口，俞思晴頓時明白為什麼總有種不安感。

他說的沒錯，這裡有許多普通人，若真打起來，絕對會把其他人捲進來。

「不要用『人質』這種難聽的說法，再怎麼說這些人都是珍貴的『祭品』，我可捨不得殺了他們。」

「夏尼亞，你……」巴雷特握緊拳頭，氣得咬牙。

「要是你當初也能認同我們的決定，和我們一起前往異界就好了，巴雷特，你的缺點就是太固執，總是充滿正義感——正因為這樣，我才討厭你。」

夏尼亞笑著，卻感受不到他的善意，這個笑容，只不過是假象。

巴雷特面無表情，俞思晴看不穿他在想什麼，只好緊緊握住他的手。

感受到俞思晴的體溫，巴雷特眉間的皺紋稍稍鬆了一些。

他回握住俞思晴的手，再次開口：「我本來就沒打算隱瞞我在這裡的事實，被你們發現，也在我的計畫中。」

「你只有一個人，打算怎麼跟我們組織對抗？巴雷特，就算你再厲害，也不可能以一擋百，更不用說你還帶著拖油瓶。」

「我可不是拖油瓶！」俞思晴走上前，被人當成弱小女子這件事，讓她忍不住開口替自己打抱不平，「我跟巴雷特搭檔，絕對不輸給你們這些武器ＡＩ搭檔！別小看我們！」

「區區祭品，竟然口出狂言。」夏尼亞溫和的表情突然暗下來，被前髮陰影遮住的雙眸，散發出厲光。

俞思晴雖然害怕，忍不住發抖，但她卻強硬地站在原地，說什麼也不肯退下。

「不要以為妳增加了身體能力，就有資格和我們平起平坐。」

「我、我可不是在說大話，既然不相信的話，可以試試看！」

俞思晴也不知道自己哪來的勇氣說出這些話，但她絕對不想被這男人看扁。

「有趣——」他轉身背對兩人，此時，在不遠處觀察的武器ＡＩ們全都湊了過來。

巴雷特趕緊護住俞思晴，咬牙環伺這幾個人。

接著便聽見夏尼亞毫無溫度的聲音，對他們說：「既然妳這麼有自信，就證明給我看。」

俞思晴愣了下。

他的意思是要在眾目睽睽之下開戰嗎！

她緊張地張望周圍，發現場景已經不知不覺轉變到其他陌生空間。

夏尼亞悠閒地蹺著腿，坐在紅色沙發椅上看著她，身旁有對西裝筆挺的男女守護，而那些將他們團團圍起的人，也分別化為武器，落在搭檔的手裡。

巴雷特眼看避免不了戰鬥，打定主意，說什麼都要保護好俞思晴。

然而他卻聽見俞思晴用異常冷靜的聲音對他說：「巴雷特，變回狙擊槍。」

「什麼？」巴雷特驚訝地轉過頭去，發現俞思晴一臉不安，卻仍強硬地咬著下唇，握住他的手，漸漸加重力道。

明明很不安、害怕，但俞思晴仍堅強地面對眼前的敵人。

說不害怕，絕對是騙人的，畢竟這裡不是遊戲世界，是貨真價實的「現實」。要是在這裡血條歸零，可不是鬧著玩的。

「小鈴，這裡就讓我來，妳……」

「挑釁他的是我。」俞思晴飛快搶話，阻止巴雷特繼續說下去，「再說，要是不由我來打的話，他是不會把我當回事的。」

夏尼亞瞇眼盯著她看，那個視線，讓內心的煩躁蓋過恐懼。

「我是『鈴』。」她用堅定的態度，向在場所有武器ＡＩ宣告：「這是將會打敗你們的人的名字，牢牢記住。」

武器ＡＩ們一口氣衝上前，向中心位置的俞思晴奔過去。

巴雷特眼看俞思晴不聽勸，對方又已經開始攻擊，不得已只好變回狙擊槍。

俞思晴飛快蹲下身，閃過面前揮過來的刀刃，接著一縮左邊肩膀，遠處射來的子彈就這樣擦過她的衣服。

一連串的攻擊，俞思晴只是單純閃避，手指完全沒碰上扳機。

時而用槍身擋住刀刃，或者用槍托擊中對方肚子，一槍也沒開過。

她的眼神也變得與之前不同，靈敏、尖銳，將所有人的動作看入眼底。

這是在和巴雷特成為搭檔後的第一場實戰，俞思晴不得不小心行事，她還不知道現實與遊戲中有什麼樣的差異。

憑著之前在奧格拉斯，與武器ＡＩ搭檔戰鬥過的經驗，俞思晴小心判斷這些人的武器、性能以及實力。

在觀察得差不多之後，她使用「疾步」，一下子脫離中心位置，高高跳到天花板上，顛倒蹲在屋頂，將槍口瞄準自己剛才站的地方。

沒有招數，單純開槍，子彈速度極快地射入地面。

以子彈落下的地方為中心，龜裂的痕跡迅速向周圍展開，辦隨著雷光，捲住所有武器ＡＩ的腳踝。

所有人被電流麻痺，無法動彈，俞思晴再次舉槍，眨眼盯著瞄準鏡。

「流星雨！」

槍口射出的光芒如煙火般散開，無數白光貫穿武器ＡＩ們的身軀，一下子就讓這些人傷痕累累。

等到確定沒有漏網之魚，俞思晴才從天花板落下，輕盈地踏在毀壞的地面。

她的視線很快地轉移到夏尼亞身上，發現伴隨在他身旁的男人手上，不知不覺多了一個透明盾牌，阻擋剛才的雷電子彈，以及流星雨的攻擊。

俞思晴本來就覺得，不可能這麼簡單打倒夏尼亞，他剛才派來的這些武器ＡＩ，比較像是用來測試她的誘餌。

她想了下，把狙擊槍扛在肩上，垂眸道：「你在試探我嗎？」

短暫的交手中，她早發現這些武器ＡＩ並沒有多少實力，和當時遇見的大劍少女根本不能比。

若真是奧格拉斯組織的人，不可能只有這點水準。

「看來妳確實有使用巴雷特的資格。」夏尼亞起身，伸出雙手。

男人將盾交給他，自身化為劍，落在他的掌心。

「妳戰鬥的姿態，和獨身主義的巴雷特，簡直如出一轍。」

「但他現在不是一個人。」俞思晴雙手捧著狙擊槍，「他有我在。」

兩人幾乎同時使用「疾步」，眨眼速度已經迎面對上。

對於遠距離型攻擊的俞思晴來說，拉開距離才是對她最有利的，但沒想到她竟然選擇主動拉近距離，夏尼亞感到相當意外，卻沒動搖。

手中的長劍來回揮舞，靈巧閃避的俞思晴彷彿知道他的攻擊路線，怎麼樣都碰不到她。

不但如此，她不時還會盲射，在沒有瞄準的情況下對他展開攻擊。

雖說只是普通射擊，沒有套上「技能」的招數，傷害值普通，但知道俞思晴會

動歪腦筋的夏尼亞，還是用盾牌擋掉所有子彈。

「妳果然已經知道自己能使用遊戲技能這件事。」

第一次在實境場地看見俞思晴的戰鬥後，夏尼亞就對俞思晴相當讚賞，這樣的人才若是在他們奧格拉斯組織，絕對會成為強大的戰力。

當下他也明白，原來幻武使的力量，也能挪用到現實世界。

再次看見俞思晴的戰鬥後，他確定了這件事。

同時也為接下來的計畫做出打算。

敏感的俞思晴，察覺到夏尼亞內心的瘋狂念頭，連續射擊。

趁著他舉起盾牌擋子彈的瞬間，移動到他身後，瞄準毫無防備的地方，扣下扳機。

「重型砲擊！」

「神祕守護！」

夏尼亞一開口，手中的盾牌突然整個張開，散發出藍光，將他整個人包覆其中。

重型砲擊雖然準確無誤地擊中，可是煙霧散去後，藍光屏障卻完好無缺，不為所動，屏障內的夏尼亞勾起嘴角，收回防禦後，朝俞思晴揮劍。

「聖光斬！」

彎月刀刃劈來，速度之快加上夾帶著白光，幾乎看不見。

俞思晴完全沒看到攻擊路線，來不及閃躲。

巴雷特迅速變回人形，即時抱著俞思晴跳開，兩人這才安然無恙。

「小鈴，沒事嗎？」巴雷特焦心地詢問懷中的人。

俞思晴聽到他的聲音，連忙回神，慌張道歉，「抱、抱歉，我失神了！」

「不，剛才的攻擊沒幾個人能閃過，不是小鈴的錯。」

巴雷特將她放下，再次確認，「妳確定妳可以嗎？」

俞思晴揉揉眼，相當堅定地回答：「我可以，剛才只是沒注意到而已。」

巴雷特鬆口氣，再次化作狙擊槍。

「去吧，小鈴。我會輔助妳的。」

有巴雷特的承諾，俞思晴頓時勇氣加倍。

夏尼亞揮出豎橫兩刃與剛才相同的攻擊，範圍增加，速度也變得更快。

——但這次，俞思晴卻不閃躲，而是舉起槍。

砰一聲，子彈穿過刃光，射向夏尼亞。

夏尼亞沒想到她會不顧眼前的攻擊瞄準他，來不及用盾防禦，改以劍身擋住子彈。

俞思晴從刃光與地面的縫隙中滑過去，安然無恙地蹲身。

「狙風鎖鍊。」

「什麼？」

聽見她喃喃自語，夏尼亞這才發現劍身上的子彈不知道什麼時候展開，旋風吹出無數條鎖鍊，捲在劍與盾上，綑住持有兩個武器的他。

狙風鎖鍊的附加效果，除了能讓人暫時無法行動之外，還能持續給予固定傷害。這點傷害對夏尼亞來說根本算不了什麼，正當他打算用盾牌的魔法解開束縛時，發現俞思晴再次將槍口對準他。

「重型砲擊。」

她輕聲低語，射出強力子彈，直接貫穿了夏尼亞的胸膛，同時也將狙風鎖鍊打碎。

後座力將夏尼亞推倒在地，手中的盾牌化為女子模樣，握住半空中的長劍，反身襲擊俞思晴。

俞思晴知道武器ＡＩ戰鬥的特性，早已作好準備，在女子來到面前時同時將槍口對準她的左眼。

女子瞪大眼，目不轉睛地看著黑色槍口，汗水直流。

俞思晴的手指緊緊貼在扳機上，只要稍稍使力，子彈便會瞬間貫穿她的腦袋。

即使是武器ＡＩ，在人形姿態被直接開槍也是會死亡。

「明明只是個幻武使……為什麼能如此自由地使用武器ＡＩ……」

她顫抖著喉嚨，聲音沙啞。

俞思晴沒回答，而是轉動眼珠，盯著她手裡的長劍。

「別想變回人形偷襲，就算你這麼做，我也早想好對策。」

「住手。」

聲音來自於身後，是剛才中槍倒地的夏尼亞。

他扶著胸口，表情痛苦地扭曲著。

女子聽見他的命令，乖乖收起攻擊姿勢，往後退到他身旁，將人攙扶起。

「夏尼亞大人……」

「沒事，我沒事。」夏尼亞咬著唇，鬆開掌心遮住、早已被鮮血染紅的地方。

女子氣憤地咬牙，手裡的長劍也化為男子形態，焦急地站在另一側。

「夏尼亞大人，您需要盡速治療！」

「區區幻武使……竟然敢打傷夏尼亞大人！」

俞思晴無視兩人憤怒的目光，巴雷特也變回人形，站在她面前，擋住扎人的視線。

「夏尼亞，我無意和你們為敵，畢竟我也曾經是組織的一員，你們對我來說，就像家人一樣。」

「要是你真當我們是家人……當奧格拉斯大人是你的父親，就不該選擇站在異界人那邊，保護這些不把武器ＡＩ的存在當真的幻武使！」

巴雷特垂下眼，痛苦地搖頭。

「我保護的對象，永遠都是奧格拉斯的人民，我只是不希望神犯下錯誤。」他再一次認真地請求夏尼亞，「這個世界不需要奧格拉斯神的統治，我們回去吧！不要把我們世界的危機，延續到這個無辜的異界。」

看著巴雷特，夏尼亞染血的嘴角，勾勒出淺笑。

「……呵，要是可以就好了。」

夏尼亞的聲音細微，幾乎聽不見，不知道是不是因為沒剩多少力氣。

然而，他的拒絕，巴雷特還是聽得很清楚。

「夏尼亞……」

眼前的三人漸漸變得模糊，回過神，兩人已經回到會場。

無論是夏尼亞還是藏在人群中的武器ＡＩ們，全都不見蹤影。

大神下凡的計畫很順利。

當俞思晴來到會合地點，和他們三人見面的時候，大神下凡已經從線人手中取得能夠解除詛咒魔法的道具。

在俞思晴和巴雷特回來之前，三人已經先拿自己做實驗，確定這個道具沒有問題，身上的詛咒也順利解除。

古怪的是，俞思晴使用完之後，道具就自行銷毀。

「這東西是詛咒源頭，一旦詛咒解除，也就沒有存在的必要。」

巴雷特解釋給四人聽，同時也說明了一件事。

他們四個人確實已經是同艘船上的伙伴，即便詛咒解除，也不代表奧格拉斯組織不會再對他們出手。

現在最重要的是，他們該不該繼續玩《幻武神話》。

「我們幾個已經被當成破壞封測遊戲的玩家，而且敵人也已經知道我們的身分，再登入好像不太安全。」銀說道：「雖然這樣感覺虎頭蛇尾，但我認為不要再登入比較妥當。」

「可、可是，我們的武器AI會不會有危險？」無緣人擔心奧多，已經知道武

器ＡＩ是活生生的存在後，他沒辦法不顧奧多。

「你們的武器ＡＩ都是因為奧格拉斯組織設計的系統，而成為搭檔，與我和小鈴的情況不同，照道理，組織應該不會對他們出手。」

為了讓無緣人放心，巴雷特便坦白告訴他事實。

實際上，他也不確定奧格拉斯組織會不會把他們當作利用對象，引他們幾個出面。

在遊戲世界，奧格拉斯組織就是神，他們能做任何事，而登入遊戲的玩家，全都在他們的監視以及掌控下。

但換作現實世界，組織就不會隨便出手，畢竟這個世界有這個世界的規矩，在將奧格拉斯完整帶過來之前，他們絕對不會輕舉妄動。

所以巴雷特也支持，不要再登入遊戲對他們幾個來說比較安全，但是——

「你們三個就此退出吧，只要別再介入，就很安全。」俞思晴突然開口，把三個男人嚇了一跳。

「小鈴，妳、妳該不會還想回去《幻武神話》吧……」無緣人膽怯地問。

俞思晴點點頭，「我還是得和巴雷特一起阻止他們。」

「有必要從遊戲內部阻止嗎？難道不能直接舉發？」銀皺起眉頭，他不喜歡俞思晴做出的危險決定。

大神下凡聳肩道：「要是可以舉發就好了，你說，警察會相信『有異世界的人穿越過來，想要拿我們的性命當祭品，把他們的人民全部帶到這邊來』這種話嗎？」

確實，不可能會有人相信。

銀沮喪地垂眼，握緊拳頭。

「你說的沒錯，要不是親眼見到，恐怕我也不會相信。」

「小鈴，妳說要從遊戲內部阻止，表示妳已經知道他們接下來要做什麼了？」

俞思晴嘆口氣，遲疑地回答：「只是猜測。」

「說來聽聽。」

「《幻武神話》有個特殊任務，跟武器AI有關，你們應該知道吧？」

「啊——妳是指荒蕪沙漠的任務？」

「對，現在封測時間已經過了一半多，大部分玩家的等級都已經到達進入荒蕪沙漠的門檻，而那個地方，我在猜，就是連接兩個世界的重要位置。」

「什麼意思？」三個男人聽得霧煞煞。

他們對奧格拉斯的了解，並沒有比俞思晴多，若俞思晴這麼說，代表可能性很大。

尤其是在聽見俞思晴的猜測後，巴雷特顯得比平常還要安靜。

「我在猜，完成這個支線任務的幻武使到達一定數量，是將奧格拉斯大陸整個拉過來的關鍵點。」

「妳猜的沒錯。」巴雷特伸出手，輕撫她的頭，「確實是這樣。」

他們幾個聽見巴雷特確認這個想法後，驚訝不已，尤其是銀。

「可是我在完成任務的當下，並沒有什麼感覺啊？」

「就算你沒有感覺，也已經在不知不覺中成為祭品。完成這個支線任務的玩家，都將成為奧格拉斯的犧牲品，你們會自然而然地消失，誰都不會察覺，這就是『荒蕪沙漠』特有的魔法。」

「……怎麼會……我們公會裡一半以上的成員都已經過了這個任務，耀光也是……」銀用掌心遮住臉，低嗚道：「意思是，我跟耀光他們都會死嗎？」

巴雷特沒回答，但他的沉默已經給出答案。

俞思晴見到銀如此難受，立刻抓住他的雙手，認真說道：「我不會讓他們得逞的！銀！我會保護你！」

這話一說出口，巴雷特不由得愣在那。

雖然他知道俞思晴是為了安撫銀的情緒，但他仍感覺刺耳難受。

看著俞思晴緊握銀的那雙手，他慢慢垂下眼。

「我不會讓任何人犧牲的。」

他就是為了阻止，才規劃出反抗組織的行動。

即便現在他的心已經出現新的變數，也不會有任何改變。

第六章　交錯戀心（上）

Sniper of Aogelasi

四人討論過後，銀與無緣人總算被俞思晴說服，不再登入遊戲，大神下凡則是為了安全起見，留在現實世界，隨時支援他們。

銀和無緣人就算了，她原本以為大神下凡不會認同這樣的安排，沒想到他卻意外地接受巴雷特的指示，害她總認為大神下凡藏著什麼鬼點子沒跟他們說。

在上線前，銀與俞思晴暗自商量，決定還是把耀光精靈找出來解釋清楚。

他們和耀光約在以前辦過公會聚會的咖啡廳，開門走進去之後，就看到耀光精靈朝他們撲過來。

「你們兩個笨蛋！到底跑去哪裡了啦！」

耀光精靈整個人掛在他們身上，放聲大哭。

看起來她已經累積不少壓力，銀和俞思晴面面相覷，只能盡力安慰她。

「抱歉，讓妳擔心了。」

「會長別哭，我們不是好好的嗎？」

「嗚嗚嗚。」耀光精靈的妝都哭花了，看起來格外可怕。

「你們好歹想想她的心情，平時總玩在一起的朋友突然消失不見，就算有聯絡方式也找不到人，不被嚇死才怪。」

聽見說話聲，俞思晴這才注意到，店裡除了耀光精靈之外還有幾個人。

尤其剛才那番責備口氣，冰冷的聲音，正是俞思晴最不想見到的狂戰王。

「你怎麼會在這？」俞思晴驚訝地張大眼睛。

狂戰王的臉比平常還要臭，雙手環胸，活像是來收保護費的黑道。

雖然以前就常感受到狂戰王射過來的刺人視線，但今天感覺更痛了。

「我們聽耀光說，你們和她有約，就跟她一起過來。」狂戰王黑著臉起身，快步走向俞思晴，彎腰將臉湊近，「你們到底是怎麼回事？突然就不見人影！」

俞思晴從沒用這麼近的距離看狂戰王的臉，下意識往後退。

狂戰王根本不打算讓她溜走，加快速度前進，直到把俞思晴逼到牆邊。

「妳逃什麼？」

「因為你好可怕。」

「哈啊？」狂戰王的青筋都快暴出來，「妳再說一次看看！」

俞思晴不由得慶幸，沒讓巴雷特跟過來。

不管她走到哪都要跟的巴雷特，今天很難得地跟她說要去見大神下凡，一早就離開了。要是他在場，肯定會跟狂戰王打起來。

「別這麼凶神惡煞的，我們不正要解釋嗎？」銀走過來，把狂戰王推開，適時解救被他威脅的俞思晴。

「哼！」狂戰王這才收起架式，但仍緊盯著俞思晴看。

除狂戰王之外，其他人也在等她開口。

俞思晴和銀交換眼神後，將昨晚已經討論好的內容，說給大家聽。

簡單來說就是隱瞞巴雷特以及奧格拉斯組織的事，掰了個理由。

「我們幾個人接到額外任務，是要負責保護地區王 BOSS，雖然我們也覺得奇怪，但最後還是決定照著任務走。我們並不是故意破壞『神祭戰曲』的副本任務。」

當俞思晴開口說要用這個作為理由的時候，銀其實很佩服，他沒想到俞思晴竟然會想到這種辦法，而且「神祭戰曲」活動副本已經結束，也不可能從他們的任務選單內找出這個任務的存在。

就算是謊言，也沒有證據，卻合理得讓人無法懷疑。

「那你們為什麼在活動結束後，沒上線也找不到人？」狂戰王一臉不信邪，質問俞思晴。

俞思晴相當冷靜地回答：「遊戲公司說我們的帳號有異常，這幾天都在和他們聯絡處理，因為之前才出現 BUG 情況，所以遊戲公司請我們不要宣揚。」

狂戰王仍舊半信半疑，耀光精靈和其他人倒是很快就接受。

「嗚嗚嗚——那你們現在能正常上線了嗎？」耀光精靈說完又撲過來，把俞思晴緊緊抱在懷裡磨蹭。

銀嘆口氣，「能是能，但我也沒玩的興致了。」

「哎？」耀光精靈相當驚訝地眨眼，目不轉睛地盯著銀看。

她湊到銀耳邊，小聲道：「你難道不想見你的『鈴音』女神嗎？」

「不了。」銀露出笑容，「我不用再繼續找下去。」

耀光精靈似乎沒料到銀會這麼果斷放棄，心裡有些歡喜，也不繼續勉強。

「那小泡泡呢？」耀光精靈開心地回頭問她。

俞思晴一眼就看穿耀光精靈心情好的原因，看來是她誤以為銀放棄找人的關係。

耀光精靈果然對銀——

「妳應該不會說不玩了才對。」狂戰王突然插話，低氣壓的語調，與耀光精靈的雀躍成反比。

「呃……」俞思晴總覺得狂戰王今天特別針對她，遲疑半晌才回答：「我明天開始會繼續登入遊戲……」

「幾點。」

「咦？」

「我問妳幾點登入。」

「大、大概十點多吧，和以前差不多……」

「九點上線，我等妳。」

俞思晴張大嘴。

狂戰王根本沒有讓她拒絕的意思，這強迫的態度究竟是怎麼一回事？

「我為什麼要跟你約上線時間？」她不滿地追問。

狂戰王冷冷掃過來的視線，讓她害怕地縮起肩。

他沒有回答，而她也不敢再繼續問下去。

看來是不能在這邊聊的話題。

「我來的目的已經達成，再見。」狂戰王丟下尷尬的氣氛，繞過俞思晴身旁，推門離開。

所有人面面相覷，不知道他到底想幹嘛。俞思晴也是一臉詫異。

耀光精靈不想讓她因為這件事討厭狂戰王，湊到她身邊，悄聲道：「其實那傢伙很擔心妳，所以妳別生他的氣。」

「我沒生氣，話說回來，生氣的人難道不是他嗎？」

「不不不，他是因為補習時間到了，所以才離開。」耀光精靈連忙替他平反，「其實在我跟他說，今天要和妳跟銀見面後，他硬是利用補習間的空檔跟過來的，這表

示他真的很擔心妳。」

耀光精靈人很好，但她不會隨便替人說話。

俞思晴雖然知道狂戰王不是壞人，可是，她仍對狂戰王執著於自己的態度，有些擔心。

「我明白了。」俞思晴認為會去乖乖補習的狂戰王，反而與外表不符。

「謝謝妳，小泡泡。」耀光精靈從背後環住她的脖子，「那麼接下來，就來和我一起享用店裡人氣第一的巧克力蛋糕吧！」

「咦？啊……等等！」

老樣子，耀光精靈根本沒給她拒絕的權力，就這樣把人拉走。

銀看著俞思晴有些困擾卻感到高興的表情，垂下眼，輕輕嘆口氣。

一名男公會成員走過來，搭上他的肩，附耳道：「喂……我雖然不知道你跟鈴音發生什麼事，但她在那次活動後，就沒上線了。」

「咦？」銀驚訝地轉過頭，表情相當複雜。

沒想到聽見鈴音的事，他竟然會露出這種反應，對方嚇了一跳。

「總是游刃有餘的銀，也會有露出窘態的時候啊。」他笑著調侃。

「抱歉……」銀低聲道，「我會找時間和鈴音小姐談談的。」

「那就好。」男公會成員收回手，向他打個招呼後，便和幾個同伴離開。

揮手送走他們之後，銀握緊拳頭，將手垂下。

已經知道自己在找的人是俞思晴而非鈴音這件事的他，該用什麼樣的表情面對鈴音才好？

眼裡看著俞思晴，腦袋裡想著的卻是鈴音。

他可以肯定自己「曾經」對鈴音有好感，但是，他無法否認，在對鈴音有好感的同時，也被俞思晴吸引著。

回頭想想，自己還真是個超級大爛人。

「唉，得想個辦法才行。」銀搔搔頭髮，顯得有些頹廢。

耀光精靈總說他在談戀愛這方面相當愚鈍，還真被她說中了。

晚上九點，俞思晴準時登入，但她一上線立刻就被狂戰王的私訊騷擾，嚇得她措手不及。

『妳這傢伙居然現在才上線！我不是跟妳說九點嗎？』

『我是九點上線沒錯，晚上九點。』

『老子跟妳說的是早上九點！』

『那麼早我怎麼可能爬起來，想也知道是晚上。』

『妳當老子很閒啊！我隔天還要補習！沒那美國時間晚上上線！』

『可是我很閒，我想要幾點上線都不成問題，再說晚上人多，比較好玩。』

『妳——算了！妳給我在那邊等著！老子現在就去找妳算帳！』

俞思晴九成以上是故意的，她知道狂戰王說的時間是早上，才會這樣故意耍他。

其實她原本也打算早上登入，但這樣就太順著狂戰王的意思了，她才不要。

誰叫他老是盯著她看，還一副氣呼呼的態度，明明他們連朋友都不算，硬要說的話，應該是仇人才對。

巴雷特看兩人用私訊聊得很開心，有些吃醋，從背後摟住俞思晴，整個人貼在她的背後，緊黏著不放。

「你們兩個感情還真好。」

「才、才不好，是他老纏著我……」

「是情敵嗎？」巴雷特嗅出不對勁，眼神銳利。

俞思晴完全不這麼認為，甩手道：「不可能不可能，會這麼黏我又喜歡我的人，就只有你……唔！」

發覺自己非常自然地說出不得了的話，俞思晴慢半拍地紅著臉，把頭低下。

她竟然這麼大膽地說巴雷特喜歡自己這種話！

雖然是事實，巴雷特也從來不隱瞞，可是親口說出來，還是相當羞恥。

「小鈴？」沒聽見俞思晴的聲音，巴雷特低下頭，看著她害羞的表情，露出笑容，「小鈴這樣好可愛。」

「別再落井下石了巴雷特，你沒看到我心臟快負荷不了了嗎？」

「沒看到。」

巴雷特依然故我，根本沒打算鬆開手。

俞思晴感到無奈，但她也不想離開巴雷特溫暖的懷抱。

就在她沉溺地想要更加貼近的時候，身後突然傳來爽朗的招呼聲。

「呀吼——小鈴！」

心虛的俞思晴連忙從巴雷特的懷裡跳出來，心臟撲通跳個不停，差點喘不過氣。

她飛快回頭，看見朝她奔來的安娜貝兒，勉強露出笑容。

「安，妳快把我嚇死了。」

「哎？為什麼？」安好奇地歪頭，「對了對了，妳為什麼那麼久沒上線？我這幾天想約妳打副本都找不到人。」

「我也不是閒到天天都上線。」俞思晴隨口回答。

「說什麼呢，以前和妳玩遊戲的時候，妳不但天天上線還跟我一起打到深夜。」

正因為交情長，加上總玩在一起，俞思晴的謊言非常簡單就被安破解。

但安並沒有想太多，用手肘輕戳她的腰，「該不會，小鈴妳交了男朋友，成了現充？所以才會忙到沒上線。」

俞思晴下意識朝巴雷特看過去，發現他笑得相當曖昧，但可以感覺出他的喜悅，害她無法否認安的猜測，沉默不語。

平常這時俞思晴早就吐槽她，但此時卻完全不理會，反而讓只想開玩笑的安不知如何是好，驚訝地大聲說道：「咦？難道是真的！」

「噓——」俞思晴遮住她的嘴，安的嗓門大到整個伺服器的人都能聽見，害她很不好意思，「我拜託妳小聲點。」

「有什麼關係？」安把她的手挪開，賊笑道：「吶吶，是誰啊？果然是之前跟妳一起組隊打遊戲的大神下凡或無緣人吧？」

俞思晴確實跟安提過這兩個人，鮮少看她和人組隊的安，會這樣猜測也不是沒有道理，可惜的是，安永遠都猜不到，那個讓她心動的人，就是身旁的巴雷特。

不過，她跟巴雷特並沒有在交往，也不是戀愛關係，這樣一想，她才發覺自己跟巴雷特之間，似乎只有「契約」而已。

巴雷特究竟是她的什麼人，這件事，她竟然從沒仔細考慮過。

「妳就別亂猜測了，安。」俞思晴故意轉移話題，「話說回來，難道妳沒聽說關於我的事嗎？」

「是指之前神祭戰曲的活動？」安眨眨眼，馬上反駁，「我當然不信，小鈴會故意擾亂遊戲進行什麼的，完全不可能。」

安相當信任俞思晴，畢竟兩人認識好幾年，就算沒見過面，她們仍是最好的朋友。

「而且後來官方有公告，你們是接了不同任務、被活動選上的特殊玩家，所以之前那些黑你們的玩家，全都閉嘴了。」

聽到安這麼說，俞思晴鬆了口氣。

和耀光精靈等人見面後，俞思晴就把自己隨便想出來的藉口，和大神下凡說了，於是大神下凡的線人打算將這個藉口拿來當作這次活動的公告，一來能夠讓被擾亂的活動在不被其他玩家懷疑的情況下結束，二來也能穩定他們「不會再出現 BUG 的承諾」。

畢竟他們舉辦神祭戰曲的原因，是為了讓玩家相信他們不再有 BUG，要是他們的事情曝光，玩家就不會再相信他們。

需要幻武使的奧格拉斯組織，不可能讓入虎口的羊半路逃走。

「妳好久沒上，我們一起組隊吧！」安開心地拉著俞思晴的手，相當雀躍，「我有個副本一直想找妳去玩。」

俞思晴悄悄看了巴雷特一眼，畢竟他們還有正事要辦。

沒想到巴雷特竟然果斷地對她點了個頭，「最近發生太多事，小鈴需要稍微轉換心情。」他走過來，代替俞思晴接受安的邀約，「我家主人就麻煩您了。」

被帥哥用溫柔的口吻請託，安聽得飄飄然，連忙點頭。

「當然，交給我準沒錯。」她一臉羨慕地看著巴雷特，「還是妳家的武器AI好，哪像我的，最近他連戰鬥都有點懶，所以我乾脆讓他用武器型態跟著。」

她拍拍腰間的武士刀，不滿地抱怨。

巴雷特盯著它看，眼裡閃過異樣的光芒，沒讓兩個女孩察覺。

「既然巴雷特都這麼說，那好吧。」熬不過安的請求，俞思晴終究還是點頭答應，「我陪妳，但妳可別帶我去打什麼奇怪的副本。」

「當然不會啦！這次不是讓妳去救火的，放心放心。」

俞思晴擺明不信邪，安的話只能信一半。

就在她們組好隊，打算用傳送道具離開的時候，狂戰王默不作聲地出現在兩人身旁，黑著臉，惡狠狠地瞪著她們看。

「哇啊！討厭！」安被嚇個半死，下意識拔刀揮過去。

俞思晴雖然也被嚇到，但她很快就認出狂戰王，連忙抓住安的手，替狂戰王擋下攻擊。

「安，等等！他是我認識的人。」

安被嚇到眼角含淚，膽怯地看向狂戰王，「這、這傢伙是誰啊……我沒聽妳說過認識這種肌肉男。」

「沒見過妳，妳是誰？」

狂戰王瞇起眼，對安也相當不客氣，完全把她當成可疑人物。

聽他這麼說自己，安一下子壯起膽，嘟嘴指著他的鼻子，「我是小鈴最要好的朋友安！」

「沒聽過。」

「你這傢——」

「好啦好啦，你們別吵架。」俞思晴無奈地阻止兩人繼續爭吵，「如你所見，我和朋友有約，沒時間陪你。」

正巧遇到安，俞思晴理所當然地把她當成藉口，拒絕和狂戰王單獨見面。

但狂戰王卻一點也不介意地抓住她的手腕，「沒差，我已經決定要盯著妳。」

「咦？」俞思晴愣住。

「哎！跟、跟蹤狂？」安忍不住脫口而出。

狂戰王馬上就朝安瞪過去，從扭曲的表情，可以理解他的憤怒。

安連忙捂住嘴，移開視線，裝作沒看見。

「沒有，我什麼都沒說，哈哈哈哈……」

雖然安極力否認，卻仍從背後感覺到那股刺人的怒視。

「妳們兩個打算去打哪個副本？」

看這樣子，狂戰王已經聽到她們的對話，俞思晴開始有點不爽了。

「我們打什麼跟你沒關係，你為什麼要黏著我？」

「因為我覺得很危險。」狂戰王直率回答，「我不想看妳又突然不上線。」

「我不上線有什麼差嗎？」

「我會無聊。」

「你是想跟我吵架吧……」

「不是，我想追妳。」

俞思晴驚訝到說不出話，安則是臉紅通通的，相當興奮。

「哇，小鈴，妳真是桃花威力全開。」安拍拍她的肩膀，「話說回來，妳從以前就很常被玩家告白呢。」

俞思晴抖了一下肩膀，膽怯地朝巴雷特看過去，果然他一臉僵硬，看得出來不是很高興的樣子。

她坦承，確實很常在遊戲裡被人告白，但她從來沒有想過要網戀——除了君無名之外。

可是自從君無名不告而別後，她就徹拋棄這種想法。

「很常被告白？」狂戰王豎起耳朵，拳頭捏得更緊，活像是要去找人單挑，「是哪些傢伙？跟我說。」

「不是這款遊戲啦！」安看到狂戰王如此愚鈍，起了壞心，嘿嘿笑著靠過去，「不過你這次已經來不及囉，人家小鈴早就有正在交往的對象。」

果然如她所料，狂戰王臉色刷白，面無血色，如晴天霹靂。

「是、是這樣啊。」狂戰王看起來相當沮喪，雖然表情還是很可怕，卻沒有剛才的氣勢。

安頓時有種自己在欺負人的錯覺，沒想到狂戰王的反應會這麼單純，反而害她不知所措。

「哇啊……小鈴，妳在哪認識這種麻煩的男人？」她湊到俞思晴耳邊低語。

俞思晴嘆口氣，找不到機會阻止安亂說話，沒想到誤會就這麼簡單地延續下去了，完全錯失解釋的機會。

不過，或許不要解釋比較方便。

正當她打算拉著安離開時，最不會讀空氣的安，又自顧自地做出決定。

她用力拍了一下狂戰王的盔甲，相當大器地對他說：「不過他們才剛交往，感情還不穩定，你搞不好有機會把小鈴搶過來哦！」

這次換俞思晴臉色鐵青。

安這口無遮攔的笨蛋……總有天會被她害死。

「說的也是，搶過來就好。」被安激勵的狂戰王，恢復精神奕奕的表情，認真向俞思晴宣告：「就這樣決定了。」

才剛讓大神下凡放棄，現在又來一個狂戰王，而她連銀的問題都還沒解決——俞思晴不禁大嘆，為什麼衰事總是喜歡同時找上她。

「你不要擅自做決定。」

「為什麼？」狂戰王眼神閃爍，「我敢保證，我比你的交往對象要好上幾百倍。」

「……我還以為你討厭我。」

「我是討厭妳。」

「那你還追我。」

「就是因為沒見過像妳這樣讓我討厭的女人，我才要追妳。」

俞思晴發現，再問下去根本不會有結果，果斷放棄。

見俞思晴妥協，安便歡喜地把狂戰王加入隊伍，舉手歡呼。

「好——我們出發吧！」

兩人無視俞思晴的心情，用傳送道具離開。

俞思晴很不想跟著去，但安已經在隊伍頻道裡催促。

明明才剛分開不到三秒鐘的時間，連點喘息時間都不給她。

「小鈴受歡迎，我也很高興。」巴雷特打破沉默，笑著對露出複雜神色的俞思晴說道：「能擁有如此出色的幻武使作為搭檔，我也與有榮焉。」

「我才不要你的讚美……」俞思晴害羞地看著他，都因為安亂說話，害她的思考方向，已經完全朝戀愛這條道路直線狂奔。

越是在意，就越想要了解她跟巴雷特之間，到底是什麼樣的關係。

伙伴？搭檔？還是……

「巴、巴雷特。」俞思晴鼓起勇氣，但說出口的聲音，卻小到幾乎聽不見。

巴雷特順應她的召喚，注視她。

感覺到巴雷特的視線，俞思晴反而說不出口。

「我們……我們是……」

巴雷特垂下眼，抓住俞思晴的手腕，將她拉入懷中。

被巴雷特緊抱，已經不是第一次，但這次卻比以往更加緊張。

她聽著自己的心跳，覺得吵得不行，明明接觸到巴雷特的體溫，讓她很安心，但呼吸卻難受到幾乎窒息。

「呵，小鈴心臟跳得好快。」

「我我、我有什麼辦法……」

「是因為我嗎？」

「唔嗯──」俞思晴不好意思回答，只能把臉埋得更深。

她撒嬌的方式，一如既往可愛。巴雷特忍不住把她抱得更緊。

「我可以嗎？小鈴。」

「可以什麼？」

聽見巴雷特的問題，俞思晴困惑地抬起頭，沒想到卻看到巴雷特露出哀傷的眼神，心臟就像是被人緊緊抓住，環住巴雷特的手掌，下意識握緊成拳頭。

她就在這裡，在巴雷特的懷中，然而巴雷特的眼神卻比以往更加孤單。

想起和夏尼亞戰鬥的時候，他曾說過，巴雷特是「獨身主義」的武器AI，難道，從以前開始，巴雷特就一直是一個人，從來沒有和別人結成「搭檔」嗎？

問題卡在喉嚨，俞思晴不確定該不該問出口。

想對巴雷特說的話堆積如山，希望他解答的問題也多得不得了，可是——現在她只能緊緊抱著他，希望這麼做能讓他安心。

「我、我沒有喜歡銀。」她緊張到結巴，這還是她第一次對人告白，「雖然我以前曾經對他有意思，可是現、現在沒有。」

巴雷特瞪大眼，似乎沒想到俞思晴會在這時候解釋給他聽。

溫柔的俞思晴，可愛又令人憐愛的俞思晴，讓他無法放手。

就算會墜入地獄，也想握緊她的手——這麼說的話，會不會顯得很自私？

「現在沒有的意思是，妳現在有其他喜歡的人？」

「唔！」俞思晴滿臉通紅，把頭低下，說什麼也不敢抬起來。

每次只要他這麼做，俞思晴就會害羞得說不出話，正當巴雷特以為兩人的對話結束的同時，他聽見俞思晴沙啞的聲音，從懷中傳出。

「我當然有喜歡的人……」

原已決定不去在意，但親耳聽見俞思晴這麼說，巴雷特仍無法裝作沒聽到。

他突然感到害怕，搶在俞思晴說出來之前，開口道：「能被小鈴喜歡，對方真有福氣。」

巴雷特邊說邊離開她，往後退了兩步。

俞思晴茫然地抬起頭，雖然巴雷特極力隱瞞，她卻仍看見那雙溫柔的眼神，透露出寂寞。

她一咬牙，快步上前，緊抓住巴雷特的手臂，拿出這輩子最大的勇氣。

「笨蛋！我喜歡的人是你！」

巴雷特露出驚愕的表情，目不轉睛地盯著俞思晴看。

雖說是她開口告白，但這樣被人直直盯著，還是讓她感到不好意思。

「你說句話啊……」

巴雷特的沉默，害她整個人緊張到不行，沒想到人生中第一次告白，竟然會演變成這樣。

她明明想要在更適合的情況下，告訴巴雷特的。

但是，回到現實後，她很懷疑自己是不是真能說出口。

這裡是遊戲世界，她只是虛擬的角色，或許是因為這樣，她才有辦法鼓起勇氣。

等下線後，她肯定會羞澀到無地自容。

「……登出吧，小鈴。」巴雷特低聲道。

「哎？」俞思晴沒想到他會這麼說，揪緊心，慌張起來，「我、我們才剛上線，而且還跟安說好了要一起……」

「只是暫離遊戲幾分鐘而已，馬上就回來。」巴雷特抓住她的手腕，很少見到他如此拚命。

俞思晴原本還想繼續拒絕，但她卻看見巴雷特滿臉通紅，露出她沒見過的表情，整個人呆滯地盯著她看。

原來巴雷特也會有這種表情嗎？

「小鈴——」巴雷特咬牙，將臉湊近，「拜託，我想看妳的臉。」

俞思晴震了一下，全身的熱度都集中在腦袋，她根本沒辦法拒絕巴雷特的請求。

她點點頭，打開系統登出遊戲。

取下眼罩後，她戰戰兢兢地睜開眼，果真看到站在電腦桌旁的巴雷特。

在真實的世界裡，用自己的雙眼見到巴雷特害羞的模樣，果然比在虛擬世界還要令人害臊。

「小鈴。」巴雷特湊過來，雙手抓住扶手，低下頭。

俞思晴緊張得整個人縮在電腦椅上，把眼罩貼在嘴唇，「你、你別靠我這麼近。」

「抱歉，這個命令我無法遵從。」巴雷特將眼罩從她的手裡取走，將唇貼上。

雖然已經在遊戲世界裡接過吻，但在現實世界裡卻是第一次。

俞思晴緊閉眼睛，感覺到嘴唇被柔軟的東西碰觸。

巴雷特只是輕輕一吻，沒想到俞思晴會緊張成這樣，連他都被傳染，也跟著有些緊張。

「不要緊張，我不會做讓妳討厭的事。」巴雷特的聲音一如往常地溫柔，但如今聽來，卻多了些誘惑意味。

俞思晴慢慢睜開眼，發現巴雷特的臉比她還要紅。

可憐兮兮的眼神，低聲下氣地懇求她，讓她一下子忘了緊張的心情。

「沒想到會被小鈴搶先告白。」巴雷特伸手將她的頭髮勾到耳後，「身為男人，我實在太遜了。」

「才不遜，巴雷特一直都……非常帥氣……」

「真的嗎？」

「嗯。」俞思晴膽小地點頭，不好意思地將視線轉移，「我答應成為你的搭檔……是想待在你的身邊。」

「因為喜歡我？」

「唔！」聽見巴雷特直接說出自己的心聲，俞思晴羞澀不已，把臉埋進雙膝間。

明明在遊戲裡說得出口，可現在她卻不敢坦白。

她終於明白自己有多麼膽小。

「我也喜歡妳。」巴雷特親吻她的膝蓋，與她的臉只有短短幾公分距離。

近距離的接觸，讓俞思晴的心臟痛到快要炸開。

「我一直都很想要妳。」巴雷特笑著說，「當然，不單單只是『搭檔』的身分，我想跟小鈴擁有更親密的關係。」

「你、你比我想得還要大膽啊。」

「誰叫小鈴這麼可愛，跟我告白。」

「別說啦！再這樣下去，我、我真的不知道該怎麼辦才好了。」

俞思晴很想逃走，卻又眷戀巴雷特的溫柔。她覺得自己好矛盾。

「我會珍惜妳的。」巴雷特收起笑容，在俞思晴的面前跪下。

他仰頭對上俞思晴害羞的表情，親吻她的小腿。

「請成為我的戀人，思晴。」

竟然挑在這種時候改口喊她的名字，俞思晴根本沒有辦法拒絕。

告白這種事，果然會讓人減少壽命。

第七章　交錯戀心（下）

Sniper of Aogelasi

和巴雷特確認關係後，俞思晴覺得他的態度和以前有很大的不同。以前兩人在一起總是有種距離感，嚴格來說就像是主從關係，但現在巴雷特完全轉變態度，直接跨過這層隔閡。

例如會硬擠在床上和她一起睡，雖然她爸媽就睡在隔壁房；和她出門逛街的時候，除了上廁所之外，絕對要全天候牽著她的手；又或者趁著爸媽不在家，兩人在家中約會，一起看租來的ＤＶＤ，巴雷特總是從背後抱著她，害她完全沒辦法把電影內容看進腦袋瓜裡。

他去大神下凡那邊過夜的時間變少，多數都待在她房間，幸好爸媽不太會打擾她的私人空間，不然她也沒辦法瞞這麼久。

「小晴，妳好像很緊張。發生什麼事了？」兩人在遊戲地圖裡走著，似乎感受到俞思晴周遭的氛圍有些不同，巴雷特擔心地問。

俞思晴搖搖頭，將視線放在那隻被巴雷特緊緊牽住的手。

她跟巴雷特說好，在遊戲中，只有兩人獨處的情況下才能喊她的名字，而巴雷特也同意，甚至親暱地喊她「小晴」。

連親生父母都沒這樣叫過她，害她有點不習慣，每次一被巴雷特叫，就會像隻受到驚嚇的貓咪。

要等她習慣，可能還需要很長一段時間。

「你差不多能放開我的手了吧？武器ＡＩ在遊戲裡才不會牽著幻武使。」

「現在沒人，看不見的。」

「可是我們好歹在遊戲裡……組織看得見我們吧？」

「那麼就讓他們看個夠。」

巴雷特心情愉悅，根本就不把俞思晴的煩惱當回事。

俞思晴怪自己心軟，總是妥協，但說實話，她也不討厭就是了。

與夏尼亞戰鬥後又過了一個禮拜，他們到現在都還沒找到機會前往荒蕪沙漠。

組織彷彿猜到他們接下來要做的事，以維修為由，暫時關閉荒蕪沙漠這個地圖，看來他們那邊也相當小心翼翼。

無法直接從荒蕪沙漠阻止組織的計畫，巴雷特和大神下凡討論的結果，只有一個——直接摧毀《幻武神話》這款遊戲。

原本他們並不打算這樣做，畢竟這樣會引來很大的騷動，甚至會曝光奧格拉斯的存在，所以巴雷特原本是把這個辦法放在最後的。

大神下凡也與他有同樣想法，不得不說，這兩人意外合拍，連俞思晴都有點嫉妒。

「大神那傢伙要我像平常那樣玩遊戲……不知道又在打什麼主意。」

他們幾個早就被組織盯上，而俞思晴也相當清楚登入遊戲的風險，即使如此，大神下凡還是要求她用平常心來玩，不要太在意組織的行動。

問題是，在發生這麼多事情後，她怎麼可能以平常心去玩遊戲。

「照他的意思應該不會有什麼危險。」巴雷特難得替大神下凡說話，「我也同意他的想法。」

「不是應該趁勝追擊嗎？」

「我們沒有一次占上風。」

聽到他這麼說，俞思晴雖然想反駁，卻又說不出口。

她很清楚巴雷特說的是對的。

「組織人數眾多，就算前幾次我們都能全身而退，也難保下次不會滑鐵盧。」

奧格拉斯組織中，厲害的武器ＡＩ搭檔還有不少，俞思晴見到的不過是一隅；相較之下，他們這邊能派上場實戰的，只有俞思晴跟他。

如此大的差異，讓巴雷特很不安，但奇怪的是，除那次與夏尼亞戰鬥之外，組織的人都沒有出現在他們面前過。

他不明白這是為什麼，難道會是奧格拉斯組織的陷阱？想讓他們放下戒心？

不，不可能，雙方戰力懸殊，組織不會對他們如此小心翼翼。異樣的感覺讓巴雷特這幾天都煩惱不已，就算跟大神下凡提起，他也只是要他放心，相信他的調查。

坦白說，巴雷特原本並沒有想過，在恢復記憶與力量後，還會獲得他人的協助。早已做好要自己一個人獨自戰鬥的打算，可現在卻變得不同。從不害怕失去什麼的他，漸漸變得膽小起來。

「啊，安又在找我。」俞思晴看見私訊，忍不住嘆息，「她最近好愛找我玩。」平常她跟安都是有任務需求才會見面，雖然認識很久，卻很少一起行動。不知道是不是因為之前的神祭戰曲影響，安變得很愛找她，這點耀光精靈也是，另外還有放話說想要追她的狂戰王。

這三個人輪著約她打任務，害她的自由時間越來越少。

「和他們一起玩沒關係的，反正這也是大神下凡的意思。」

「話是這麼說沒錯，但是……」俞思晴稍稍用力握住他的手，「我偶爾也想和你玩就好，最近老是被其他人黏著，都沒有辦法像以前那樣和你獨處。」

巴雷特笑著湊過來，往她的臉頰親一口。

剛開始對巴雷特不經意的親吻，她還會有些慌張，現在倒是已經習慣，反而有種安心感。

不知道是不是因為兩人之間關係的變化，才讓她有這種感覺。

「那麼今天就甩掉安？」

「好。」

俞思晴才剛打算無視安的私訊，沒想到身旁突然出現一陣光，接著安就從裡面跳出來，把她整個人撲倒在草地上。

原本牽著她的巴雷特也因為驚嚇，下意識鬆開手，就這樣眼睜睜看著她倒地。

「小鈴！」安用臉頰磨蹭她的胸部，「妳好過分——居然不回我！」

「呃、妳居然用傳送道具直接跑來！」俞思晴一臉無奈，安根本像是甩不掉的黏人蟲！

明明俞思晴在發怒，但安卻左顧右看，完全沒聽她說話。

正當俞思晴覺得她的態度有些奇怪，就聽見她沉重的嘆息聲。

「……安？」她半信半疑地看著安沮喪的模樣，平常總是活力充沛的她，難得會這麼憂鬱，「妳在找什麼？」

安從她的身上跳起來，嘟起嘴對手指，「沒、沒什麼。」

巴雷特把俞思晴拉起，拍拍她屁股上的雜草，嚇得俞思晴紅著臉跳開，遮著屁

股不讓他碰。

幸好安今天怪怪的，沒有注意到，不然她還真不知道該怎麼解釋才好。

「你絕對是故意的。」俞思晴害臊地低語。

巴雷特笑臉迎人，「嗯，是故意的。」

俞思晴想氣卻氣不起來，為什麼巴雷特的笑臉看起來又欠揍又令她心動。

該不會她已經在不知不覺中，習慣被巴雷特欺負了！

「小鈴，我們今天去打輕鬆一點的副本吧。」安突然轉身，看見俞思晴紅著臉，而巴雷特則是看起來很高興的樣子，好奇地歪頭，「你們感情真不錯。」

俞思晴心虛地回答：「普……普通啦。」

「話雖如此，但剛開始的時候，妳的武器ＡＩ還突然主動要求說要換幻武使，那時我真的嚇到了。」安並沒有想太多，單純為兩人之間和睦的關係感到高興，「現在看到你們感情不錯的樣子，我也比較放心。」

原來那時的事，讓安如此煩惱，俞思晴不由得感到內疚。

「妳說我們今天要去打輕鬆的副本，是指哪個地方？」

因為這樣，她也不再抗拒讓安打擾他們的兩人時光。

「是福利副本。」

「福利副本？」俞思晴有些意外，「沒想到熱愛打珍寶的安，居然會對福利副本有興趣。」

所謂的福利副本，簡而之就是沒有怪的副本。

福利副本內的場景漂亮，還有擺攤販售物品的ＮＰＣ，販售的是一般商店沒有的商品，但倒也不是珍貴少見的東西。

這個副本的用意在於讓玩家體驗遊戲公司設計的場景與音樂，有點像是玩家們的交誼廳，可是有個問題。

福利副本，只有玩家才能進入。

因為禁止ＰＫ戰，所以副手武器和武器ＡＩ都會被系統擋在副本外。

俞思晴悄悄往巴雷特的方向看過去，與他交換眼神。

巴雷特笑著點點頭，她才鬆口氣，答應和安一起組隊。

「嘿嘿嘿，其實是因為最近裡面有抽獎活動，一個人最多能抽三次，所以我想請妳幫我湊個人數。」

安知道俞思晴對珍寶沒興趣，便雙手合十拜託她。

「有件時裝我很想要，所以——拜託啦！」

「真拿妳沒辦法，只能陪妳一下哦。」

「謝謝妳！小鈴！」安再次撲上去抱住她，「真不愧是我的好朋友！」

俞思晴拍拍她的背，明明安的年紀比她大，但她總覺得自己才是姐姐。

「對、對了。」安放開手，羞紅著臉問道：「今天只、只有妳一個人嗎？」

「咦？」俞思晴眨眨眼，沒聽懂她的問題。

安扁著嘴，臉越來越紅，「就是……那個……刃族的戰士……」

雖然安說得支支吾吾，但俞思晴勉強能聽出她想找的人是誰。

「啊——妳說狂戰王？」

安點點頭。

這幾次和安組隊，很湊巧都遇上狂戰王，那傢伙自從宣示說要追她後，基本上只要她上線他就會在，抓準她的上線時間，根本計畫性犯罪。

但狂戰王本身也忙著補習，所以不是每次都能巧遇。

「我也不知道，大概今天有補習，所以才沒出現。」俞思晴翻著好友名單，確定狂戰王沒有在線上，「晚些時間或許就會上了……怎麼？妳有事找他？」

她不記得安和狂戰王有這麼熟，每次組隊的時候，兩人之間也沒有什麼對話。

「這、這樣啊。」安看起來有些失望。

想到安剛見面時，像是在找誰，又聯想到她支支吾吾，臉紅害羞的反應，俞思晴便大膽猜測：「我說，安，妳該不會是喜──」

「哇哇哇！別說！」

安急忙摀住她的嘴，害她差點窒息。

好在巴雷特上前來幫忙把兩人分開，否則俞思晴真要開始損血了。

「抱歉抱歉！」安慌慌張張地向俞思晴道歉，「那個，我、我不是故意的。」

俞思晴和巴雷特互看彼此，已經明白是怎麼回事。

沒想到安竟然會對狂戰王有意思，不得不說，她選男人的眼光真差。

《幻武神話》的福利副本，是個稱作「鷺櫻」的地區。

武器AI雖然無法進入，但在傳送點附近有個小村莊，是專門讓武器AI等待幻武使回來的地方。

巴雷特和羅貝索恩就在那裡等她們。

很少在遊戲內和巴雷特分開的俞思晴，有點不太習慣，因為覺得兩人不要分開比較安全的關係，她從來沒有進入過福利副本。

安倒是很熟悉這裡，很快就帶著她來到人群聚集的商業區。

第一次看到遊戲內大排長龍的畫面，俞思晴忍不住瞪大雙眼。

「排隊？不會吧！」

「因為這次的時裝很漂亮，而且就算沒抽中，參加獎也都很不錯，所以滿多人都願意來玩。」安開心地解釋著，湊到她耳邊，「我知道妳有點在意神祭戰曲那件事，不過妳別擔心，現在大家的注意力都在抽獎上，不會有人記得妳的。」

不愧是和她交情最久的安，她顧慮的事，一眼就被她看穿。

確實，她因為那次的事件，變得更不願意和其他玩家接觸，即便事情已經過一個禮拜，當時也沒造成什麼太大問題，她內心仍舊忐忑。

她陪安排入隊伍，兩人聊著與遊戲相關的話題，從以前玩的遊戲到即將上市的新遊戲，這時俞思晴才意識到，自己恐怕再也沒有和安一起玩遊戲的機會。

等事情結束後，她就要和巴雷特回到瀕臨毀滅的奧格拉斯。

之前只想著要幫巴雷特，覺得沒有關係，但回頭想想卻發覺，多少還是有些孤單。

要是安知道的話，不曉得會對她說什麼。

「幻武使大人，請您不要這樣！」

「有什麼關係？我都說我趕著下線，又花不了多少時間，先讓我來有什麼不行！」

「可、可是必須按照規矩來……」

「麻煩死了，不過是個NPC，還敢跟玩家頂嘴！」

前方傳來爭執，排隊的玩家們開始竊竊私語。

俞思晴聽見對話內容，相當氣憤，沒想到居然連在遊戲裡面都會遇到這種人。

她伸長脖子，看見店鋪前有幾個人圍著，讓排隊抽獎的人潮無法前進。

正當她覺得奇怪，為什麼其他玩家都不跳出來阻止的時候，就聽見前面的人低聲討論起來。

「那不是目前排名第二的公會嗎……果然都是些流氓。」

「他們雖然個個都是頭痛人物，但實力也很強，基本上沒人敢惹他們。」

「就是說，沒想到今天居然會遇上，真倒楣。」

前排幾個玩家開始散去，大家都想盡可能遠離麻煩。

留下來的只有幾個圍觀看戲的玩家，還有像俞思晴跟安這樣，不知道該不該出面阻止的人。

「你看，這不是沒人排隊嗎？還不快點拿出來讓我抽！」

「可是您這樣插隊……」

「又沒隊伍，談什麼插隊！」男人身後的女孩，很不高興地拍桌子，「別拖拖

拉拉的啦！我還等著把時裝抽到手，好不容易拉來那麼多人幫我抽，這次我一定要抽到！」

ＮＰＣ害怕得不停顫抖，臉色蒼白。

俞思晴於心不忍，才想要上前阻止，脾氣火爆的男人已經揪起ＮＰＣ的衣領，將人高高舉起。

「算啦！抽個獎而已，就算沒有ＮＰＣ也無所謂，你們說是吧？」

「嘻嘻，也對，乾脆丟掉好了。」

ＮＰＣ嚇得冷汗直冒，拚命求饒，但這群人卻笑得很開心，把欺負他當成樂趣。

俞思晴的拳頭硬到不行，再也忍不下去。

安見到俞思晴憤怒的側臉，還來不及阻止，人就已經不見蹤影。

利用「疾步」的速度，俞思晴瞬間出現在男人左側，黑著臉抬起腿，朝他的側臉狠狠掃過去。

男人顏面直中飛踢攻擊，整個人迅速飛向後方，撞入民宅內。

俞思晴張開手臂，接住從天而降的ＮＰＣ，高傲地站在男人原先待的地方。

所有人看到這幕，全都傻眼。包括男人的同伴在內。

「妳、妳是從哪冒出來的！」女孩氣呼呼地朝俞思晴怒吼，「幹嘛突然動手打人！難道不懂規矩嗎？福利副本不能——」

「福利副本不能ＰＫ，可沒說不能打架。」俞思晴黑著臉，目光冷冽地掃過女孩。

明明是個女性角色，散發出的氣魄卻不輸給在場的男性玩家，女孩不由得感到害怕，退到同伴身旁。

女孩的同伴對看一眼，走上前，扭著拳頭。

「是妳先挑起的，別以為我們會對女人手下留情。」

「誰說她是女人？看這樣子，搞不好是人妖帳號啊。」

雖然網遊遇見人妖玩家，並不是件稀有的事，但偶爾還是會有人把這件事拿來調侃對方。

俞思晴從以前到現在，很常被誤認成是人妖玩家，畢竟誰都不相信，一個女孩子竟然能把角色控制得這麼好。

「我最討厭性別歧視。」

俞思晴的表情越來越可怕，在後頭看著的安，內心大喊不妙。

她是認真的。

「呵，難道妳以為不靠武器ＡＩ和攻擊技能，身為遠攻型的妳，能對付得了兩個近戰型角色？」

俞思晴抬手，擺出架式，沒有回答對方的問題，而是朝他們勾勾手指，催促兩人進攻。

完全不被對方放在眼裡，讓他們嚥不下這口氣，同時使用「疾步」，加快速度，全力攻擊俞思晴。

俞思晴面無表情地垂下嘴角，壓低身軀，閃過第一個人揮出的拳頭後，迅速伸出手抓住第二個人的手腕，將他的手反折到身後，再狠狠朝他屁股踹下去，讓他撲倒在地。

狼狽的模樣引來周遭不少笑聲。

「可、可惡！」對方連忙爬起來，覺得被羞辱，更加火大。

同時，被閃掉攻擊的第一個人又再次朝俞思晴揮拳，連續攻擊，不讓她有喘息的機會。

俞思晴閃躲得很輕鬆，動作也維持一定的節奏，不管揮多少拳，連她的頭髮也碰不到。

「該死！別跑！」男人越打越火大，就不信自己沒辦法打到她。

在俞思晴退後的地方，冒出第三個男人，從背後架住她的雙手，成功阻止她繼續閃躲攻擊。

俞思晴頓了下，轉眼盯著背後的人，而揮向她的拳頭也筆直地朝她過來。

「小鈴！」安看得緊張，驚慌大喊。

然而下一秒，俞思晴卻瞬間消失在對方懷裡，原本打向她的拳頭，不偏不倚地砸在自己同伴的臉上。

在場所有人都嚇得說不出話，沒人看見俞思晴什麼時候消失不見的。

第三個男人噴著鼻血倒地，兩眼翻白，昏了過去，血條也只剩一半，看來剛才的拳頭，下手真的不輕。

俞思晴纖細的身軀從天而降，踏在滿臉鼻血的男人身上。

她悠悠地抬起頭，露出笑容。

「呵，破壞福利副本規矩的，可是你。」

直到聽見俞思晴這麼說，所有人的目光才落在那隻不知道什麼時候戴起拳套的拳頭。

「副手武器……」安喃喃自語，這才明白，俞思晴是故意把對方逼急。

男人咬牙，對周遭投射而來的煩人目光，相當不爽。

「你們誰敢有意見？」男人的同伴全都圍過來，個個眼神凶惡。

俞思晴大致掠過這些人的面孔，從系統內叫出對方的資料。

「看來你們不全是天字問號的公會成員。」她嘆口氣。

鬧事的主因，雖然是天字問號的人，但這些人都是來自不同的公會。

簡單來說，就是各公會裡的問題兒童，全聚集在一起。

「果然是一丘之貉。」她收起系統，回過神發覺自己已經被包圍。

「妳是故意挑起事端的吧？搞什麼！」

「欸，等等，這傢伙……是新傳說聯盟的人！」其中有人叫出系統，看了俞思晴的資料，驚愕大叫，「上次的活動就是這傢伙在搞破壞！」

俞思晴被點出最討厭的事，心裡有些動搖，卻還是努力保持冷靜。

「上次的事情，官方已經解釋過，犯不著把我當成敵人吧？」

「反正那次的活動我沒興趣，懶得管妳做了什麼。」開口回答的，是臉上留有鞋印的男人，也就是一開始被俞思晴踹飛的事主。

他似乎是帶頭的，這些人很自然地讓出路給他過。

男人揉揉臉頰，亮出副手武器。

身旁的同伙也都跟著拿出副手武器，整個氣氛可怕到極點，原本圍觀看熱鬧的玩家們，退得更遠了。

俞思晴看著他手中閃閃發光的長劍，冷聲道：「你想打嗎？」

「因為妳很礙事。」

福利副本雖然禁止玩家之間ＰＫ，但只要不使用攻擊技能和武器ＡＩ，系統就不會判斷玩家在「ＰＫ」，算是漏洞。

從剛才對方直接拿出副手武器攻擊的樣子來看，這些人早就已經知道系統不會判斷副手武器的存在。

看來，他們並不是脾氣火爆的笨蛋。

俞思晴沒拿出副手武器的打算，看見左邊的人先一步展開攻擊，便壓低身軀，使用「疾步」快速穿梭在他們之中。

原本只是觀戰的安，見俞思晴獨自對上這麼多人，很是焦急。

「怎麼辦，該怎麼辦才好——」

「那還用說，當然是過去幫忙。」

正當她焦急得原地踏步時，身旁突然走出一名穿著輕甲的男子，直奔戰鬥中。

他舉起盾牌，擋住朝俞思晴砍下的長劍，打在盾牌上的攻擊，很輕易地就反彈到這些人身上。

結果攻擊的人，反而被打飛。

俞思晴沒想到會見到這個人出現，驚訝不已。

而安則是瞪大眼睛，雙眸閃閃發亮，緊盯著帥氣登場的男人。

「果然……好帥……」

俞思晴與男人背靠背，有點不太高興地說：「我還以為你今天要補習，不會上線。」

「開什麼玩笑，我可不想和妳錯過。」狂戰王低聲道：「我和妳相處的時間已經夠短了，再說，我決定要在封測結束前追到妳，當然要把時間花在妳身上。」

兩人邊交談，邊打飛對手。

俞思晴利用槍族的速度，閃避攻擊並適時的絆倒敵人，而狂戰王則是用手中的盾牌加倍反射對方的攻擊。

兩人合作無間，讓原本凝重、讓人擔心的氣氛，漸漸變得熱絡，其他玩家也開始出聲支持。

「打得好！」

「把這些不守規矩的傢伙趕出去——」

支持的聲浪，加上無法攻破對手，這些奧客玩家很快就失去氣焰，紛紛敗退。

在發覺無法打贏對手後，幾個人開始夾著尾巴逃走，人數漸漸變少，最後只留下剛開始嗆聲的人，以及有點公主病的女孩。

「你的同伴們都跑光了哦。」俞思晴臉不紅氣不喘地對他們說，「如果還想玩抽獎的話，就乖乖去排隊。」

「哼！誰、誰稀罕！」女孩氣憤地跺腳，轉身離開。

男人看見女孩負氣離去，惡狠狠地瞪俞思晴一眼後，連忙跟上。

看著他努力安撫女孩的背影，俞思晴頓時明白過來，嘆了口氣。

「真是沒有選女人的眼光。」狂戰王開口說出她的心裡話。

俞思晴聽到，忍不住笑出來，相當認同，「就是說。」

見她笑得開心，狂戰王忍不住多看幾眼，在她沒發覺的情況下，露出溫柔的表情。

這一幕，全看在安的眼裡，原本因為俞思晴成功擊退搗亂玩家而感到開心的她，內心浮現無法抑制的嫉妒。

「安，我們繼續排隊抽獎吧。」俞思晴回到她身邊，親暱地牽住她的手，「現在多了個人幫妳抽時裝了。」

「我從來沒說過我要幫忙。」狂戰王相當不爽地跟過來，看也沒看安一眼。

安覺得心臟好痛，在這兩人身邊，好像快要喘不過氣。

明明直到剛才為止，就算她知道狂戰王喜歡俞思晴，也不會這麼難受。

可是現在，就好像某個開關被碰觸，一直被她無視的感情，正在蔓延。

「嗯，謝、謝謝……」安有些恍神。

「安？」

「沒、沒什麼。」安恢復精神，露出笑容。

她悄悄看向狂戰王，發現狂戰王也盯著自己，羞紅得低下頭。

狂戰王並沒有發覺，反到是俞思晴全看在眼裡。

她又再一次成為三角關係的主角之一了嗎……

被人擾亂後，抽獎活動再次展開，玩家們也重新回來排隊抽獎，其中也有幾個人過來和俞思晴搭話。

原本俞思晴還很擔心自己會在封測玩不下去，但經過這次的事，她被討厭的程度似乎大幅降低，得到不少好感，也有不少人開始相信她不是故意針對遊戲，亂搞神祭戰曲活動。

俞思晴感到放心的同時，也發覺自己在遊戲內越來越紅。

「話說回來，妳們到底在排什麼？」狂戰王雖然嘴裡說著沒有要幫忙，但還是乖乖跟著她們排隊。

「我剛剛不是說了嗎？安說想要時裝，所以我來陪她湊人數。」俞思晴如實回答，指著招牌上的樣品圖，「就是那套。」

狂戰王看到是件裸露度相當高的精靈服裝，眨眨眼，「這衣服為什麼受歡迎？是有附帶什麼特殊技能嗎？」

「因為很可愛！」安立刻回答，相當認真，「只要是女孩子都喜歡可愛的時裝！」

「……妳也喜歡？」狂戰王轉頭問俞思晴。

俞思晴想了下，「嗯……是很可愛沒錯。」

「那我抽。」

「你不是說不想幫忙？」

「如果妳喜歡的話我就抽。」狂戰王直盯著她看，「如果抽到了就當我女友。」

俞思晴苦笑不得，偷偷往安的方向看過去，果然見到她一臉難過的模樣。

怎樣都好，現在她只想趕快抽完離開福利副本，回巴雷特身邊去。

第八章　組織內鬥（上）

Sniper of Aogelasi

距離封測時間結束，剩不到兩週，雖說這段期間她乖乖按照大神下凡說的，安分玩遊戲，但說好要等候時機的大神下凡，卻在那之後完全沒有動作。

即便是相信他，俞思晴也忍不住開始懷疑。

「巴雷特，你不擔心嗎？」

「多少還是有些不安，可是，組織那邊也沒有行動，光著急沒用。大神下凡說過，時候一到，就是我們反攻的機會。」

俞思晴和巴雷特在團隊後方狙擊，因為這次的隊伍成員是耀光精靈他們，根本用不到他們出場，閒著沒事的兩人，開始聊起天來。

平常打團戰她都興致高昂，可現在她卻一點興趣也沒有。

「封測接近尾聲，不管哪個時段上線，玩家人數都沒減少過。」

俞思晴從高處往下看，組團打地區BOSS的玩家，比以往還要多很多。

由此可見《幻武神話》做得多麼成功，深深吸引著玩家們的心，讓他們越來越捨不得這款遊戲。

通常在封測結束後，要隔段時間才會正式公測，對玩家來說，這段時間玩不到心愛的網遊相當難受，所以越接近尾聲，網遊世界就會越熱鬧。

這段時間遊戲公司也特別修改玩家的上線時間限制，讓每個人都能玩盡興。

俞思晴和巴雷特猜測，組織應該會趁這段時間下手，所以盡可能都待在線上，免得錯過什麼。

「呼——這次地區王打得好爽啊！」耀光精靈一臉舒壓，看起來容光煥發。

來到會合點的俞思晴看著她，忍不住問：「會長最近有什麼煩惱的事情或壓力嗎？怎麼看起來很需要殺怪放鬆？」

「因為快開學了，當然憂鬱。」耀光精靈垂頭喪氣地回答，「而且最近銀那傢伙好像很忙，老是找不到人……」

看來後面才是主因。

俞思晴朝穿著從福利副本抽來的特殊時裝的耀光精靈看過去，有些心虛。

雖然她現在偶爾還有和銀聯絡，但也僅止於此，就算銀約她出門，她也沒有答應。

知道銀想談「君無名」和「雪鈴鐺」的事，讓她有些害怕，即便理智告訴她應該和銀說清楚，可是她卻沒有勇氣。

下次見面，她無法再把他當成「銀」，因為她已經知道那個人就是「君無名」。這點，恐怕銀也是一樣的吧。

銀並沒有強迫她接受，如同以往那般溫柔，這分溫柔讓她感到內疚。

「小泡泡，妳跟銀怎麼了嗎？」

俞思晴嚇了一跳，雖說她早知道耀光精靈的觀察力驚人，但被她直接問出口，多少還是有些不知所措。

「因為銀最近主動找我，都是在問妳的事。」

「呃、為什麼這麼問……」

俞思晴只能苦笑，回答不出來。

看樣子銀刻意對耀光精靈隱瞞她就是「雪鈴鐺」的事。

「妳別老找人八卦，無聊沒事做的話，二十分鐘後去刷另外一隻BOSS。」狂戰王走過來，表情難看到極點，用眼神威嚇耀光精靈。

話才剛說出口沒幾秒，狂戰王的後腦勺就被法杖狠狠敲下去。

「痛！」

「你什麼時候變得那麼雞婆？」出手的是煙花三月，對於自己弟弟的愚蠢行為，身為姐姐的她實在看不下去，「還有，你再過十分鐘就得給我下線。」

「嘖，我知道啦。」狂戰王雖然不爽，但還是乖乖聽從煙花三月的命令。

「狂戰王最近也挺黏妳的。」耀光精靈湊到俞思晴耳邊，「妳什麼時候跟他感情變這麼好？」

俞思晴嘆了口氣，「誰跟他關係好……」

「什麼！」明明和她有段距離，狂戰王卻聽得一清二楚，嚥不下這口氣，火速衝到俞思晴面前，黑著臉，口氣相當堅持地說：「我們感情很好，非常好！」

「呃……」

俞思晴往後退到巴雷特懷裡，原以為巴雷特會像以前那樣生氣，抬起頭才發現，巴雷特不但沒有反應，還笑得很開心。

她總覺得，巴雷特的笑容看起來有點肉麻兮兮。

「小鈴很可愛，沒有人會討厭她，而且很溫柔，和大家的感情都不錯。」巴雷特臉不紅氣不喘地說出令人害臊的話。

「就是啊！妳的武器ＡＩ真懂妳。」耀光精靈也跟著加入對話。

狂戰王垮下嘴角，想生氣卻又找不到介入點，只能默默生悶氣。

耀光精靈嘿嘿笑著，用手指戳狂戰王鼓起的臉頰，結果又讓他火冒三丈地揮舞大劍劈砍她，但耀光精靈動作靈活，左閃右躲，怎麼樣也砍不到。

沒有如願抽中時裝的狂戰王，從那時開始就對耀光精靈相當不順眼，老是故意找她麻煩。

缺了銀陪伴的耀光精靈，反而很開心，時常會在狂戰王面前展示自己的時裝。

雖說對安不好意思，但俞思晴有時覺得這兩人挺合適的。

見他們玩得開心，俞思晴也安心脫離被耀光精靈追問的窘境。

「你是不是變得比以前還要從容?」看不慣巴雷特露出的笑容，俞思晴雙手環胸，小聲問道，「我剛剛可是被狂戰王瘋狂追求哦，你應該有看到吧。」

巴雷特眨眨眼，「我有看到，為什麼這麼問?」

「換作以前的話，你總是笑裡藏刀，現在就不會。」

「那是因為以前我還不知道小鈴喜歡我。」

「什——」聽他直接說出口，俞思晴嚇得滿臉通紅。

巴雷特笑彎雙眸，撫摸她的頭，「真可愛。」

「唔呃、就要你別這樣了!」俞思晴把臉埋入掌心，就算這樣還是沒有辦法遮掩自己害羞的心情，聲音都在顫抖。

「今天要提早下線嗎?」

「咦?為什麼?」

「我想早點和妳獨處。」

巴雷特邊說邊握住她的手。

雖然是在遊戲世界，但她卻能確實感覺到巴雷特的體溫及心跳。

俞思晴點點頭，正打算叫出系統離開的時候，煙花三月走了過來。

「最近我弟弟給妳添了不少麻煩的樣子。」

俞思晴禮貌性回答：「不，沒事。」

「雖然是個很麻煩的傢伙……」煙花三月露出淺笑，「但他不是壞人。」

從煙花三月溫柔的語氣裡，俞思晴感受到她相當疼愛狂戰王。

「我明白的。」俞思晴回以微笑，「我絕對不會傷害朋友。」

向煙花三月點頭示意後，俞思晴便帶著巴雷特轉身離開。

煙花三月看著俞思晴的背影，明白她無意和狂戰王發展成友情以上的關係，只好無奈道：「唉，可憐的傻弟弟。」

「妳說誰傻？」結束與耀光精靈的追逐，正想回頭找俞思晴的狂戰王，出現在煙花三月身後。

難得被他嚇到，煙花三月心虛地問：「……你聽到了？」

「哼！」狂戰王用鼻子冷哼，默默回答：「聽得一清二楚。」

「你知道她對你沒意思嗎？」

「當然知道，我不笨。」

「你要是真不笨，就不會沉溺到無法自拔。」

「要妳管。」

狂戰王難得用煩躁的口氣對煙花三月說話。

煙花三月不怪他，但還是用法杖狠狠朝他的腦袋瓜敲下去。

「痛！」

「該下線了，你還有課要上。」

「知道啦。」狂戰王皺著眉頭，心不甘情不願地登出。

取下耳機，俞思晴嘆了口氣，向後仰躺在椅背上。

煙花三月果然還是心疼弟弟，剛才真有種被質問的錯覺。

「小晴，還好嗎？」巴雷特站在椅背後面，伸手撩起她的瀏海，「妳的黑眼圈有點深。」

「大概是因為這幾天都在玩遊戲吧，而且系統解除了登入時間的限制，很容易玩過頭。」

「嗯……」巴雷特聽到她這麼說，若有所思地垂下眼眸。

看出巴雷特的態度不太對勁，俞思晴將電腦椅轉過去，歪頭盯著他看。

「你看起來心情不太好，是因為大神下凡都沒聯絡我們嗎？」

「不，不是。」巴雷特搖頭，向俞思晴坦白，「我只是有點擔心現在的狀況。」

「現在的狀況？」俞思晴挑眉，確實被巴雷特勾起好奇心。

她左思右想，想不透巴雷特的意思，只好放棄投降，「你在想什麼，可以直接跟我說，別賣關子好嗎？」

巴雷特聽她用輕快的口氣催促自己，忍不住笑出來。

「當然可以，只要是妳想知道的，我什麼都說。」收起短暫露出的笑容，巴雷特轉以嚴肅態度說出理由。

「事實上，我在懷疑遊戲公司解除幻武使登入遊戲的時間限制這件事。」他伸出手，用指腹輕柔地撫摸俞思晴的眼袋，「這麼做只會讓你們更加疲勞。」

俞思晴愣了下，會意過來。

「啊——這麼說確實。」她低下頭，皺眉思考，「我倒是沒有想過這個問題。」

平常的她對這種事很敏感，這回怎麼會沒注意到？

俞思晴對自己太過鬆懈、缺少看待事情的專注力這件事，感到抱歉。

看來因為巴雷特在身邊的關係，讓她過於鬆懈。

「增加玩家的上線時間，表示他們差不多要開始行動了吧。」

整理思緒後，俞思晴腦袋裡已經有幾種猜測，不過缺乏情報的狀況下，想再多也是枉然。

「應該是。」

就在兩人說完的同時，手機鈴聲響起。

俞思晴拿起來一看，竟然是好久沒聯絡的大神下凡。

朝巴雷特使眼色，按下通話鍵。

電話那頭傳來大神下凡愉悅的聲音。

「好久不見，我親愛的老婆！想我嗎？」

「正想著要挑個時間殺去你家扁你。」

面無表情地吐槽大神下凡，對俞思晴來說已經成為家常便飯。

還有就是，她對大神下凡一段時間沒聯絡的事有點不爽。

「老婆別生氣，老公我可是相當努力在做事哦。」

「你聯絡我表示最近找到機會了吧？」

「嘿，還是老婆聰明。」大神下凡突然改變口氣，認真道：「你們兩個現在能來我家一趟嗎？」

俞思晴等這句話已經很久了。

「我們馬上到。」

「我會聯絡小無還有妳朋友銀一起來。」

「什——等等！我不是說過別把他們捲進來嗎？」俞思晴從椅子上跳起來，對大神下凡私自做出的決定相當不高興。

再說他什麼時候跟銀私下交換聯絡方式！

「小無跟銀老早就發現妳不想讓他們介入的事了，雖然妳說我們都是同條船上的人，但根本沒打算讓他們插手。」

「當然！我怎麼可能讓他們做這麼危險的事？」

「老婆，妳真偏心，那我怎麼辦？」

「一開始跟我說《幻武神話》有問題的人沒資格反問。」

「呵，說的也是。」大神下凡爽快笑出來，小聲低語：「反正我老早就捲進這件事裡，也脫不了身。」

俞思晴不懂他的意思，下意識反問：「什麼意思？」

大神下凡並沒有正視她提出的問題，飛快地說：「下午三點到我家集合，別遲到了哦。」

說完，他不等俞思晴開口，擅自掛斷電話。

「那傢伙——」俞思晴盯著自己的手機，氣呼呼地鼓起臉頰。

「看來他們三個人都沒打算退出這場遊戲。」巴雷特似乎早料到會有這種結果，不是很訝異。

俞思晴嘟起嘴，憤恨不平。

「可是我不想再讓他們遇到危險。」

「但只有我們兩個人的話，是無法阻止奧格拉斯組織的。」

「唔嗯，可、可是。」俞思晴很清楚巴雷特說的沒錯，垂下頭。

「妳應該要更信任他們才對。」

親身和奧格拉斯組織戰鬥過的俞思晴，仍舊沒辦法放寬心。

在巴雷特的勸說下，她好不容易才妥協。

「我明白了……」

「小晴，我在想，如果事態變得嚴重的話，妳需要的可能不只有他們三個人的協助。」

巴雷特的話讓俞思晴抖了一下，有點害怕地抬起頭。

「你不是不打算把事情公開？」

「我沒這麼做，是因為沒人會信，但現在荒蕪沙漠被封鎖，遊戲時間限制解除——妳應該明白我的意思。」

俞思晴心裡有數，只是她仍不希望事態越變越嚴重。

「我們趕緊準備出門。」她看了一下時鐘，把巴雷特推出房間，「我換個衣服，你在外面等我。」

巴雷特並沒有拒絕，任由俞思晴把自己推出去。

看著她關上房門，巴雷特雙眸注視著門板，眼中閃過憂鬱的神色。

不知道是故意還是無心，他的後方出現一個小漩渦，毛茸茸的黑色小蝙蝠鑽了出來。

「巴雷特。」

「繆思那裡又有什麼事？」

巴雷特的聲音低沉，似乎在生氣，害薩維弩有些畏懼。

牠出現的時機還真不湊巧。

「不，不是繆思大人。是你送回去的那四個人……」薩維弩膽怯地說：「愛蘭雅果然有問題。」

「她再次選擇背叛嗎？」

「是的，白夜發現她想從神殿內竊取某樣寶物。」

「寶物？原來這才是她的目的。」巴雷特低頭思考，「看來組織那邊早就猜到我跟小晴會選擇協助他們四人逃脫。那才是他們推出『神祭戰曲』的主要目的。」

「小晴？」薩維努第一次聽見這個詞，眨眨眼，停在他的肩上。

「是小鈴的本名。」

「你和她已經發展成能夠呼喚彼此名字的關係了？」

想起俞思晴，巴雷特不由自主地露出笑容。

不習慣看見巴雷特微笑的薩維努，眼角抽搐，拍翅飛離。

「總之，我是來替繆思大人轉告你這件事，愛蘭雅現在已經被囚禁在地牢，不會再有任何行動，你大可放心。」

牠從毛茸茸的胸毛裡掏出一副銀色鑰匙，交給巴雷特。

「繆思大人說這東西交給你保管。」

一見到這個鑰匙，巴雷特馬上明白愛蘭雅想要竊取的寶物究竟是什麼，將它緊緊握在手中。

「愛蘭雅……原來如此，怪不得組織行動起來如此慎重。」

「我也是看見鑰匙才知道，繆思大人祕密藏得真深。」

「他這麼做沒錯，鑰匙的存在越少人知道越好，可是他把這東西帶來給我沒關係嗎？」

「我也這麼問過，但這是繆思大人的意思。」

「……那麼我就收下了。」巴雷特說完，將鑰匙收進口袋。

「祝你好運，巴雷特。」薩維弩低頭向他行禮，「希望這不會是我們最後一次見面。」

「我會平安無事地帶著小晴回去奧格拉斯的。」

「呵，回到那個即將毀滅的世界嗎？」薩維弩忍不住笑出聲，眼神冷漠，「真不知道你究竟是喜歡那個女孩，還是單純只把她當作達成目的的棋子。」

薩維弩說的話，點燃巴雷特心中的怒火。

他眼神銳利的朝薩維弩掃過去，嚇得薩維弩趕緊叫出漩渦通道，頭也不回地鑽進去。

在薩維弩離開後，巴雷特慢慢鬆開皺緊的眉頭及銳利的目光。

留在眼裡的，只剩下迷惘與不安。

他明明比誰都清楚，薩維弩說的話並非酸言酸語。

可是，現在的他，卻無法解釋自己的行為與目的。

「讓你久等了，我們出發……巴雷特？」

換好衣服，準備出門的俞思晴，一開門就看到巴雷特心事重重的模樣。

她有些擔心地伸手蓋住他的額頭，測量體溫。

「你不舒服嗎？呃……武器AI也會生病？」

巴雷特笑著抓住她的手腕，將唇移到手指邊親吻，「我們跟你們沒有不同。」

「明明就差很多。」俞思晴小聲抱怨，「我們這裡的人可沒辦法變成武器。」

「……說的也是。」稍作停頓，巴雷特笑著回答。

這段極短暫的空白，總讓俞思晴覺得怪怪的，可是又不知道該不該問。

她牽住巴雷特的手，發覺他的掌心有些冰冷，害她忍不住擔心起來。

「離大神下凡說好的時間還有點空檔，我們去哪逛逛吧？」

俞思晴開心地拉著巴雷特走出家門。

當她打開門，陽光從外頭灑進來的瞬間，巴雷特瞪大雙眼，目不轉睛地盯著沐浴在白光下的俞思晴。

她的笑容是多麼地燦爛，臉頰微紅的她，確實讓他心動不已。

然而想起薩維弩說的話，內心又是一陣抽痛。

「小晴。」他開口喚住對方。

俞思晴笑著轉過頭，「嗯？什麼？」

巴雷特張開嘴，停頓幾秒，選擇把話吞回去，改口道：「這是約會？」

俞思晴漲紅著臉，看起來格外可愛。

「當然是約會。」她害羞地回答，「我、我們在交往，不是嗎？」

巴雷特心滿意足地笑著，緊緊握住那隻被她牽起的手。

他無法用言語解釋內心的喜悅與幸福，以前的他，從來就不知道愛上一個人竟然會有這樣的心情。

正因為喜歡，所以，他才無法坦然面對自己內心的矛盾。

想要和俞思晴在一起，可是，他必須回去。

——回到那個即將不存在的世界。

他真的應該為了自己的私欲，獨占自由之身的她嗎？

「韋哲！許韋哲！你給我站住！」

耀光精靈氣憤地在校園裡奔跑，一看見熟悉的身影，便加快腳步追上去。

她知道銀有聽見她在喊他，但卻倔強地不肯停下腳步，氣得她一把抓住他的手腕，不讓他離開。

明明是個女孩，力氣卻大得不可思議，銀無奈地轉身，注視這張生氣的漂亮臉蛋。

「妳今天沒有研究要做吧？為什麼會來學校。」

「還不都是因為你老不回我電話和LINE！」耀光精靈氣得朝他揮拳，「你為什麼最近老是找不到人？就算問小泡泡，她也不跟我說……你們兩個人之間是不是發生什麼了？」

耀光精靈總是這樣，輕而易舉看穿他。

但銀已經決定不把俞思晴就是他在找的人這件事告訴她。

「我們很好。」

「說謊。」耀光精靈冷哼道：「你以為我跟你認識多久？別以為隨便找藉口搪塞，就能瞞過我。」

「我只不過是在敘述事實。」

「可是你最近真的很奇怪，前陣子嘴裡老掛著『鈴音小姐』，結果現在也不甩人家了。」

銀瞪大眼，「鈴音小姐跟妳說了什麼？」

見銀總算有點反應，耀光精靈忍不住嘆口氣。

「她說她聯繫不上你，很擔心。」

銀心虛地冒汗，移開視線。

看見他的反應，耀光精靈硬是盯著他的臉看。

「你之前明明很熱情地追人家，現在卻放著對方不管，這樣很沒禮貌。」

「呃，我、我明白，抱歉……但我現在真的不知道該怎麼面對鈴音小姐。」銀表情複雜地對耀光精靈說：「可以請妳幫我向她說聲抱歉嗎？」

「我才不要，這種話應該你自己去說才對。」耀光精靈冷哼兩聲，「我說，銀，你是不是有其他喜歡的人了？」

心思被一語道破，讓銀下意識地抖了一下肩膀。

耀光精靈驚訝地眨眼。

「什麼——這是真的嗎！我還以為你對『鈴』很專情，為什麼會變這樣？」

「不，那個……說起來有點複雜。」

「才不複雜，我真沒想到你居然這麼容易變心。」耀光精靈雙手環胸，擺出一副「我早就提醒過你」的表情。

「你可別跟我說，你喜歡的對象是小泡泡。」

「……要是我這麼說，會被妳罵騙子吧。」

「果然是這樣。」

雖然耀光精靈心裡早就有底，但還是得聽銀親口承認才能確定。

她對銀抱持著戀愛之心，可是她也知道，銀一輩子都不會把她當成交往的對象，所以她很早就放棄了。

只不過，就算嘴裡說著放棄，心裡還是會忍不住偏袒，對銀特別照顧。

這也是她為什麼當初肯答應銀，陪他尋找擁有「鈴」字暱稱的玩家。

「所以你現在在追小泡泡嗎？」

「不……沒有。」

「沒有？」耀光精靈驚訝地眨眼，「那你在做什麼？」

「她有其他喜歡的對象了。」銀露出苦笑，「我打算祝福她。」

坦白說，從俞思晴拒絕他，不願意以「君無名」和「雪鈴鐺」的身分和他見面開始，銀就已經知道自己沒有勝算。

他也從巴雷特看著俞思晴的眼神裡，明白兩人之間的關係。

因為他也是用同樣的目光看著俞思晴。

「嗚哇……好慘。」眼看銀都說到這個分上，耀光精靈實在不忍心再落井下石。

「沒這麼誇張。」銀苦笑道，「我跟她還是朋友，只是我需要點時間。」

「笨蛋！這種時候你更該找我啊！」耀光精靈大聲怒吼，「朋友不就是該在這種時候派上用場？」

她拉住銀的手，不顧他拒絕，硬拖著他離開。

「今晚我請客！陪你吃好料的！」

「呃、不，那個……我有約了。」

「有什麼約會比吃東西舒壓還要更重要？」

「這個——」銀不可能告訴耀光精靈，自己要去跟大神下凡他們見面的事，再說，他也不想把耀光精靈捲進來。

現在他能夠理解，為什麼俞思晴會如此堅持，不讓他們加入。

耀光精靈盯著他面有難色的表情，冷哼一聲，鬆開手。

「好啦，那等你結束後打給我，一定要打！聽到沒？」

「我知道了。」銀苦笑著，發自內心表達感謝，「謝謝妳，馨如。」

耀光精靈扁著嘴，聽見他喊自己的名字，多少還是有些高興。

但她絕對不會表現在臉上。

這分感情，她永遠都不會讓銀知道，所以，她能做的，只有替他打氣，從旁支持。

「我會先訂好餐廳，晚點再傳 LINE 告訴你地址。這次要是你敢再已讀不回——」

「我知道，我知道。」明白自己真的惹耀光精靈生氣，銀說什麼也不可能再放朋友鴿子，連聲保證。

耀光精靈依舊不太相信地上下打量他好一陣子，才調頭離開。

銀拍拍胸口，著實鬆了口氣。

「真沒想到會被她堵到。」銀嘴裡雖然這麼說，但不得不講，耀光精靈的出現，確實讓他的心情輕鬆不少。

也許他現在需要的，不是獨處，而是跟朋友出去聊天吃飯吧。

又或者——該利用下一段感情來遺忘這件事。

銀甩甩頭，很快放棄這個荒謬的想法。

他已經傷害了鈴音，所以他絕對不會再用同樣的方式，去傷害耀光精靈。

因為他們是朋友。

第九章　組織內鬥（中）

Sniper of Aogelasi

「我們的機會來了。」大神下凡笑呵呵地向在場四人宣布。

俞思晴等人聽得一頭霧水，剛來就看到他笑容滿面的模樣，說實話挺肉麻的。

「你指的機會是什麼？」銀雙手環胸，提出所有人腦袋裡共同的疑問。

「當然是指打進廣達的機會。」

「如果你想搞夜襲或者像上次那樣，讓我們喬裝進去的話，我不同意。」銀黑著臉，想到上回俞思晴冒著風險去見遊戲製作人的事，心情就變得很糟糕。

他可不想再讓俞思晴做這麼危險的事，更不用說，對方早就知道他們的身分，喬裝根本沒有多大意義。

「不，這次直接殺進去。」大神下凡豎起手指，說出相當大膽的做法。

無緣人開始慌張起來，「殺殺殺、殺進去？我們會被警察抓的！」

「個頭那麼大，膽子為什麼這麼小？」大神下凡朝他翻了個白眼，用手臂圈住他的脖子，將他的頭往下壓，「你別擔心，我的計畫肯定安全。」

「哇啊啊——我、我的腰！」

「小子，你儘管放心相信我就對了，聽懂沒？」

大神下凡和無緣人開心地打鬧著，完全沒有緊張感。

站在俞思晴身旁的銀，看了她一眼，不經意與巴雷特的視線對上。

巴雷特依舊保持著淺笑，看似和藹可親，但銀卻隱約感覺到他對自己散發出的敵意。

銀早從這兩人的互動和氣氛，發現兩人正在交往。

雖然他還是無法理解異世界的存在，對他來說，巴雷特就像是虛幻的生物。

可是，兩人之間卻沒有他能夠介入的餘地，也讓他明白，他在找尋的「雪鈴鐺」早就已經不存在。

「銀。」俞思晴主動叫他，但因為不習慣，仍使用遊戲內的暱稱，「對不起，老是拒絕你的邀請。」

聰明的銀可能早就察覺到她的意思，正因為這樣，她才會覺得今天的見面，更加尷尬。

銀見她沮喪地垂下頭，不知道該怎麼做的迷惘模樣，只是笑了笑，伸手撫摸她的頭。

「我明白，妳不需要解釋。」

俞思晴張開口，很想問他能不能繼續當朋友，但想到她之後得和巴雷特回去奧格拉斯，只好把這句話收回。

「小鈴很喜歡你。」被兩人排除在外的巴雷特，忽然開口對銀說：「你對她來說是很重要的人，這點永遠不會改變。」

明明應該把巴雷特視為情敵，卻不知道為什麼，當銀聽見巴雷特說的話之後，內心反而有種解脫感。

這時他才明白，為什麼自己會這麼矛盾。

因為他羨慕巴雷特，羨慕他從一而終的專情。

本來就是擅自誤會的他不對，所以，他沒有資格要求俞思晴回頭注視他。

「那邊的，別聊得那麼盡興，我們還有正事要辦。」

鬆開無緣人的大神下凡，大剌剌地走過來。

俞思晴嘆口氣，直接切題，「你才是別賣關子。」

她不再抗拒接受這三個人的幫助，巴雷特說的沒錯，他們無法靠自己解決奧格拉斯組織。

「我的線人今晚會從內部切斷電源，讓我們能夠進入大樓，再依照他給我畫的地圖，就能直接找到連接《幻武神話》的主機。」大神下凡勾起嘴角，自信滿滿地說著，「只要把那東西砸了，就能救所有人的命。」

「真有這麼簡單嗎？再說，做這種事的話，你的線人難道不會被懷疑？」

「不愧是我老婆，一下子就說到重點。」大神下凡收起笑容，改以認真的口吻對所有人說，「所以這是我的線人最後一次幫我們的忙。」

三人嚇了一跳，唯獨巴雷特老神在在。

他垂下眼眸，反問大神下凡。

「難道你的線人已經開始被組織懷疑？」

「你猜的沒錯。」大神下凡早料到巴雷特會這麼問，已經準備好回答，「本來我們就是用倒數的方式估算能繼續潛伏在組織內的時間。」

「這麼危險的做法，虧你的線人還能活到現在。」

「呵，可別小看他。那傢伙可是有著連我都佩服的膽量呢。」

大神下凡對自己的線人評價相當高，不過，要說不擔心對方的安危，絕對是騙人的。

「安全起見，我要求他抽身，不過那傢伙似乎打算赴死的樣子。」

「這種英雄般的做法實在太愚蠢。」巴雷特與大神下凡有共同的想法，也隱約察覺出他的目的，「所以你有其他計畫吧？」

「嗯，為此人越多越好，所以我們幾個都要潛入。」說完，他轉頭看向無緣人，「你可以嗎？小子。」

無緣人雖然害怕，但想到這麼做能夠幫上忙，便努力鼓足勇氣。

「我、我可以！應該……」

「還真是不確定的口氣啊。」大神下凡伸手撥弄他的頭髮，「嘛，也罷。反正我給你安排的任務就是把風而已，是最安全的。」

俞思晴看到無緣人拍拍胸口，一臉安心，忍不住笑出來。

無緣人還真是老實過頭。

「不過，有件事要先跟你們說。毀掉《幻武神話》的主機是首要任務，那東西毀掉的話，待在遊戲世界內的武器ＡＩ們的限制也會被解除——你們明白這是什麼意思？」

俞思晴回以微笑，「解除限制的意思，就表示武器ＡＩ能從遊戲世界來到這邊，沒錯吧。」

「就是這樣。」大神下凡彈指，讚賞俞思晴的理解力。

聽見俞思晴說的話，銀和無緣人反而很驚訝。

「武器ＡＩ會出現在我們這邊的世界？這是真的還是假的！」想到能與奧多見面，無緣人雙眼閃閃發光，相當雀躍。

銀也半信半疑地問：「真能做得到這種事？他們不是異世界的人嗎？」

「來到這邊成為《幻武神話》內ＮＰＣ的武器ＡＩ們，都是和組織一起穿越來的，只是利用系統限制讓他們待在虛擬世界，要是沒有這個限制，他們也能和組織的人一樣待在這邊。」巴雷特用比較簡單的方式，解釋給銀聽。

「那麼我們也能使用身為搭檔的武器ＡＩ？」

「可以是可以，但在你們手中，武器ＡＩ就跟你們世界的武器沒有不同。」巴雷特攬住俞思晴的腰，「只有像我跟小鈴這樣締結契約後，才有辦法發揮武器ＡＩ的力量。」

「連魔法也不能用？」無緣人垮下臉，身為補師的他，沒辦法使用恢復魔法的話，那就只是拿著棒子亂揮的傻瓜啊。

「不能。」巴雷特認真回答，「別忘記，你們只是『普通人類』，並不是遊戲內的角色。」

銀和無緣人互看彼此，面色凝重。

這樣看來，他們之中能夠跟組織戰鬥的人，就只有俞思晴。

「要怎麼締結契約？」銀認真問道。

巴雷特鎖緊眉頭，沒有回答。

於是銀又再問了一次，「就算必須犧牲什麼也沒關係。」

這次連無緣人也朝他看過來，眼神相當堅定。

巴雷特與俞思晴對看彼此，猶豫是不是該說出事實，沒想到是大神下凡開口。

「締結契約的條件，就是失去待在這個世界的資格。」

兩人聽見大神下凡說的話，嚇了一跳，但更驚訝的反而是巴雷特和俞思晴。

大神下凡既然知道這件事，難道說——

「大神，你該不會也……」

大神下凡朝她露出笑容，「不，我沒有跟任何武器ＡＩ締結契約，應該說我打從一開始就被拒絕了。」他搔著頭髮，一臉無奈。

「總而言之，締結契約的事你們各自跟自己的武器ＡＩ談談，剩下的問題也是。」

「在這之前我跟巴雷特會負責戰鬥。」俞思晴接著說。

大神下凡笑道：「你們可是我們這邊最強的王牌呢。」

「我知道。」俞思晴笑嘻嘻地回應他，「正因為這樣，這次我跟巴雷特要分開。」

出乎意料之外的發言，把在場的男人全都嚇傻了。

巴雷特匆忙抓住她的手腕，「小鈴，妳在說什……」

「大神下凡的意思非常簡單，這次除了毀掉主機之外，還要把他的線人平安無事接出來。」

「就算是這樣，我們也不該分開行動。」

「可是現在能跟組織的武器ＡＩ打的，只有我們而已。」

「不，是我。妳一個人不行。」

「我可以，現在的我和你是搭檔，除了能用技能之外，也可以使用副手武器。」

巴雷特張著嘴，無法反駁。

大神下凡也幫俞思晴說話，「小鈴說得沒錯，我確實是這樣計畫的。」果不其然，他馬上就被巴雷特怒視。

「我不允許。」

「巴雷特！」俞思晴難得斥責他，「現在不是感情用事的時候，難道你真想讓幫了我們那麼多的人犧牲嗎？」

巴雷特無法反駁，默默生悶氣。

「……我會速戰速決，趕到妳身邊。」

「別這麼緊張，我會照顧自己，再說——」俞思晴掀開髮絲，取下耳環。順應她的召喚，耳環化身成一隻掌心大小的獅子，拍動著翅膀，發出貓一樣的叫聲。

「妳還帶著這傢伙？話說，這東西妳也能使用？」大神下凡見到牠，十分驚訝。

「牠是道具AI，當然能。」俞思晴說完，重新握拳，讓耳環變回原樣，「而且我也是最近才發現我可以控制牠的身體大小，不會像在遊戲內見到那般龐大。」

「果然還是和武器AI簽契約比較方便。」銀摸著下巴思考，似乎已經在考慮要如何說服自己的搭檔了，「就算是和自己搭檔之外的武器AI也能立契約嗎？」

「只要雙方願意就可以。」巴雷特無奈嘆息，事已至此，他沒有辦法繼續隱瞞，「只有一方願意是不行的。」

「我、我會努力說服奧多！」無緣人相當認真地回答。

照這樣子來看，銀和無緣人都打定要跟武器AI締結契約的念頭，害巴雷特頭有點痛。

「事不宜遲，我們趕緊來說說今晚的計畫吧。」大神下凡笑得很開心，拿出早就準備好的地圖，攤平在桌上。

「廣達公司的建築結構圖？你怎麼拿到這東西的！」

「我可是建築師，這點事難不倒我。」

「這可是商業機密，能拿到才有問題。」俞思晴忍不住吐槽他。

大神下凡沒有繼續這個話題，開始敘述自己的計畫，將每個人的工作分配好。

——直到夜晚降臨。

除負責把風的無緣人之外，剩餘四個人分成兩組，同時進行救援和破壞行動。巴雷特與大神下凡負責將線人平安無事帶出來，而俞思晴則是帶著貓咪大小的獅子，與銀一同行動，前往放置主機的機房。

為了避免麻煩，他們沒有彼此聯繫的方式，「完成後就離開，到撤退地點集合」是他們分開前商量好的。

在約定好的時間內，五人來到大樓前，果真不到三分鐘的時間，大樓瞬間失去燈光，只剩下緊急逃生出口的綠燈。

四人把握時間，從逃生出口鑽進大樓，無緣人留守在外頭，確保他們的退路無憂。

他們在進入大樓後，直接分開行動，把握分分秒秒的時間。

雖說斷電可以讓公司大樓變得毫無防備可言，但時間卻有限。

緊急供電系統啟動後，公司最晚三十分鐘內就會完全恢復電力，若沒在這之前離開，就會落入組織手裡。

俞思晴和銀兩人安靜地在走廊移動，看見手電筒的燈光便停下腳步，等待巡房的警衛離開後才繼續往前。

這麼做雖然安全，但花費的時間卻比他們預想中還要多。

「照大神的地圖，應該就在這附近。」

兩人花一個下午的時間，強行把地圖記在腦海裡，為的就是能夠更快移動。

不知道是不是因為和武器ＡＩ締結契約的影響，俞思晴覺得自己的記憶力變得很好，地圖背得滾瓜爛熟，便決定由她在前頭帶路，銀墊後。

一路相當順利，沒有遇到難關的兩人，來到主機房。

主機房安置不斷電系統，讓主機能夠正常運轉，不受影響。

風扇發出的聲音比想像中還要安靜，整個機房內能夠清楚聽到他們自己的腳步聲。

俞思晴和銀開始搜尋《幻武神話》的主機，依照大神下凡的線人給的情報，尋找主機編號。

「找到了。」銀壓低聲音，朝俞思晴招手。

俞思晴湊過去，確認編號沒問題，和銀點頭。

「破壞掉的話，就能讓武器ＡＩ自由了吧。」

「嗯，照理來說是這樣。」

「總覺得有點太順利……」銀半信半疑。

其實俞思晴也這麼認為，一路順利來到這裡，反而讓人起疑。

「先照做，時間不多。」

銀從口袋裡拿出大神下凡交給他，裝載著病毒的USB，插入主機。

確認USB閃爍的紅燈轉為綠光後，兩人才安心溜出機房。

《幻武神話》的主機是由魔法起動，所以就算拔掉插頭，或者破壞機體，都不會影響，只能從內部摧毀。

也就是直接將破壞魔法轉化而成的程式，直接放進主機內。

雖然並不是馬上就會發揮功效，得花點時間，但只要能順利插入，就沒有問題。

「要去和巴雷特他們會合嗎？」

「不，依照原定計畫，不然太危險了。」俞思晴雖然也擔心巴雷特，卻仍否決銀的提議。

在回頭的半路中，俞思晴聽見前面傳來腳步聲，便停下來，背靠著牆躲在轉角處。

示意銀待在後面不要亂動後，她仔細聽，確認距離後，立刻從轉角伸出手，把對方抓過來，將人壓在地上，用膝蓋抵住他的脊椎，反折手臂，不讓他輕舉妄動。

「好痛！」

「小無？」

看清楚眼前的人是誰，俞思晴驚訝地瞪大眼，連忙把手鬆開。

銀也沒想到在外頭把風的人竟然會出現在這，趕緊將無緣人攙扶起。

「你不是在替我們把風？怎麼會跑進來了？」

「有、有奇怪的人繞到逃生出口那邊，我怕被發現所以就躲進來。」

「你——笨蛋！」俞思晴朝他的頭敲下去，「你躲進來不是自投羅網嗎？」

「可是我想說要來通知你們……」無緣人自知理虧，沮喪地垂頭。

銀趕緊阻止俞思晴發火，他知道俞思晴其實是擔心無緣人的。「既然已經變成這樣，責怪他也沒辦法。」

「你跟好我們。」俞思晴嘟起嘴，指著無緣人的鼻子，「別亂跑，知道沒。」

「好、好……」無緣人連忙點頭。

「既然逃生出口有人，那我們只好換地方離開。」銀說道，只向前方拐角處，「往左走就會到另外一個逃生出口，我們去那。」

俞思晴點頭，無緣人反而很擔心。

「巴雷特和大神怎麼辦？」

「他們本來就沒打算從進來的地方離開。」俞思晴回答，腦袋裡浮現出大樓地圖，「他們要去的位置，有其他的逃脫方式，不用擔心，我們現在只要顧好自己就好。」

「我……我知道了……」無緣人緊張地嚥下口水，乖乖捂住自己的嘴，跟在兩人身後。

在前頭的俞思晴有些在意地問：「小無，你說見到有人，有看見是什麼樣的人嗎？」

「不知道，但不是警衛。」

「那就是組織的人。」俞思晴想不出其他可能性，「得趕快離開。」

她帶著兩人，不方便戰鬥。

但就在他們好不容易來到另外一個逃生出口的時候，手還沒握上門把，一把長劍便從門裡刺出來。

俞思晴先一步察覺，立刻轉身，拉著兩人的衣領往後退。

砰的一聲巨響，門被人用力踹飛，手持長劍、面無表情的女子出現在三人眼前。

在現實裡遇上「戰鬥」，銀和無緣人有點反應不過來，俞思晴倒是馬上拖著兩人往回頭路奔跑。

才剛拐過前面的轉角，巨大的槌子就從他們頭上砸過來，俞思晴嘖了聲，迅速把拎在手裡的兩人遠遠甩飛。

槌子落下，發出巨響，俞思晴低頭蹲在地上，影子遮住她的臉，看不見表情。

「找到你們了，老鼠們。」舉著槌子的男人嘻嘻笑著。

俞思晴從槌子的陰影下抬頭，轉手召喚出副手武器的短劍，利用「疾步」瞬間劃過他的身軀。

男人瞪大眼，握槌子的手臂噴出鮮血。

「我明明有打中，為什——」

他不敢置信地轉過頭，這才發現俞思晴的頭上站著一隻貓咪大小的獅子。

「那個道具ＡＩ替她擋住了攻擊。」

持劍的少女走上前，強大的壓迫感讓人快要喘不過氣，可是俞思晴卻不為所動。是因為擁有武器ＡＩ的關係嗎？似乎只有她不被對方的氣勢壓住。

她看了眼跌坐在地，尚未回神的銀與無緣人。

現在只有她有辦法戰鬥。

「老大下令讓我們守著各逃生口，沒想到竟然會讓我們中大獎。」少女邊說邊舉起劍，指向俞思晴的臉，「妳看我們該從哪個部分開始切比較好？露米。」

「腳，要是她逃走的話太麻煩了。」長劍裡傳出可愛女孩的聲音。

「妳還真是喜歡先從腳開始。」少女勾起嘴角，眼裡閃過殺戮的紅光，「那就這樣決定。」

俞思晴連眼睛都還來不及眨，對方就已經衝過來。

速度快到令她驚愕，千鈞一髮之際舉起短刀防禦，卻被擊碎。

俞思晴向後翻身，勉強躲過，臉頰卻留下刀痕。

她用指尖滑過傷口，放在嘴邊，「……槍族嗎？」

有如此速度，看來持長劍的少女，是槍族人。

才剛站穩，還來不及思考接下來的作戰，少女再次舉劍襲擊。

俞思晴迅速召喚由白光形成的弓箭，放棄防禦，直接舉起來面對少女的臉。

指尖從弦上滑開，耀眼的光束射向少女。

少女壓低身體，從箭的側邊閃過，對攻擊滿不在乎，眼中只有俞思晴一人。

眼看長劍掃來，俞思晴連忙躲開，眼角餘光瞥見男子正舉起槌子，打算砸扁銀和無緣人。

「嘖！」她單手扶地面，雙腳在地上滑了一圈，單膝跪地，拉起弓箭對準男人。

在她射出光箭的同時，長劍的攻擊已經距離她不到三公分的地方。

眼看就要砍傷俞思晴，然而劍刃卻在碰觸到她身體之前，被什麼東西彈開。

少女不穩地踩在地上，搖晃身軀，好不容易才穩下來。

「礙事的道具ＡＩ。」少女重新舉劍，惡狠狠地瞪著趴在俞思晴背後的獅子。

牠就像到處亂鑽的小蟲，適時地協助俞思晴，並保護她。

這種類型的道具ＡＩ，通常都是拿來戰鬥，少女還是頭一次看見把牠當成盾牌的做法。

而一旁持槌子的男人，則是被光箭定在原地，動彈不得。

「唔！這是什麼鬼東西！」他看著插在腳板上的光箭，明明沒有痛楚也沒有受傷，可他就是動彈不得。

手中的槌子對他說：「那就換人。」

「好。」男人點頭，正想變回武器，就先被射來的銀針刺中。

男人與槌子同時感到一陣刺感，但就像被蚊子叮，沒什麼太大的感覺。

可是，他們卻發現自己無法改變形體了。

「什……我變不回去了！」

「我也是！那個臭幻武使做了什麼好事！」

「只是希望你們不要輕舉妄動，我一個人沒辦法同時對付兩個敵人。」俞思晴將剩餘的銀針收回系統，回頭對上持劍少女。

少女的速度很快，若不想辦法讓她停下來的話，恐怕沒辦法使用同樣的方式牽制她。

少女上下打量男人的情況，聰穎的腦袋瓜一轉，迅速釐清頭緒。

「妳就是用那東西打倒迪瓦諾他們的吧。」

「迪瓦諾……是打算挾持繆思大人的武器ＡＩ嗎？」

俞思晴對那個男人的臉，多少還有點印象。

「我對妳越來越有興趣了。」少女勾起嘴角，露出愉悅的笑容，「吶，露米，這場遊戲似乎能玩得相當盡興也說不定哦！」

她手中的長劍附和：「看來確實如此。」

俞思晴不禁汗顏。

要不是因為對付她們相當棘手，她也不會把銀針拿出來用，可眼前的敵人，似乎沒有她想得那般好對付。

她看了一眼手腕上的表，「還有十多分鐘……銀、小無！」

銀與無緣人回過神，盯著她看。

「你們先從出口離開，我沒辦法邊保護你們邊戰鬥。」

「可、可是——」無緣人慌慌張張，不知道該如何是好。

銀倒是能夠理解俞思晴的意思，確實，在這樣的情況下，他們留在這只會礙手礙腳，根本幫不上忙。

但他卻無法選擇從俞思晴身邊逃走。

「……去找巴雷特。」他對無緣人小聲說：「她需要武器，所以，去把巴雷特帶過來。」

無緣人點點頭，「那你呢？」

「我留在這裡。」銀邊說邊從旁邊的整理櫃拿出掃把，「就算我沒有戰力，也不打算成為拖油瓶。」

無緣人聽到他這麼說，感到佩服不已。

他無法擁有銀的膽量，但現在也有他能做得到的事，所以他會盡全力去做。

「你們小心點，我很快就會回來。」

無緣人說完，飛快衝出去，留下銀與俞思晴。

俞思晴見銀沒有要離開的打算，早猜到會這樣，忍不住嘆口氣。

「……你去陪著他。」她對掛在身上的獅子下令，「好好保護他。」

獅子點頭，張開翅膀飛到銀的肩膀上去。

俞思晴往後退，與銀背靠著背。

「妳放手去戰鬥吧，我會保護好自己的。」

「我沒辦法說服你離開，對吧？」

「沒辦法。」銀笑道。

俞思晴露出苦笑，還沒來得及再和他說一句話，少女就將長劍從兩人中間揮下。銀與俞思晴各自往兩側跳開，雖然成功閃過，但少女卻突然把注意力放在銀身上，一個蹬步衝向他。

銀嚇了一跳，視線根本捕捉不到少女的行動，回過神來，手裡的掃把已經被她砍成兩半，手臂也被劃傷。

「嗚！」銀扶著血流不止的手臂，蹲在地上。

少女冷眼注視他因痛苦而扭曲的臉，舉起長劍，打算砍下他的頭顱。

光箭由身後射過來，察覺攻擊而躲開的少女，迅速離開銀面前。

「銀！」俞思晴趁機來到銀身旁，扶起他與少女拉開距離。

銀的個性認真，她知道他不會丟下自己，也早猜到事情會變成這樣。

「君無名」已經扔下她一次，現在的銀仍耿耿於懷，她能理解，銀沒有選擇逃跑的原因。

然而這已經不是遊戲，她說什麼也不可能眼睜睜看著銀被殺。

注意到銀的手臂不停流血，俞思晴的臉色越來越難看。

「抱、抱歉，果然普通人還是沒辦法招架。」

「別說話。」俞思晴不知道從奧格拉斯取來的恢復藥水，對銀有沒有用，為保起見，還是要先讓他離開那個危險的少女。

銀看見俞思晴也受傷，但卻與他不同，這才深刻體會到兩人之間的差異。

「妳也受傷了。」

「我不要緊，先擔心自己吧。」俞思晴擔憂地皺起眉，都什麼時候了，銀居然還惦記著她的傷勢。

相較之下，明明就是銀的情況比較危險。

忽然，肩膀下意識抖了一下。

「可惡，動作真快。」從後方追上來的殺意，逼得俞思晴不得不停下腳步。

獅子的身軀稍微變大，接住被俞思晴扔過去的銀。

「妳、妳要做什麼？」銀有氣無力地趴在獅子背上，不知道是不是因為失血的關係，他的腦袋有點昏眩。

「這樣下去逃不了多遠，所以只能戰鬥。」俞思晴說完，收起弓箭，改持雙手刃，

「你安分地待在獅子背上別動。」

話剛說完，少女的身影已經出現在他們眼前。

俞思晴不等銀的回答，率先衝上去。

兩人手中的武器來回互砍，速度快到根本像在打遊戲，這種現實中不會出現的情況，讓銀徹底明白自己的無能為力。

「……還沒好嗎？」銀喃喃自語，「那個病毒究竟要什麼時候才會對主機造成影響？」

如果他的武器ＡＩ在這裡的話，他絕對不會讓俞思晴獨自戰鬥，也不會變得這麼狼狽。

越這麼想，銀的心裡越不甘心，握緊拳頭，目不轉睛地盯著眼前的戰鬥。

他還是頭一次這麼希望這裡不是現實，而是遊戲世界。

「嘎嗚。」獅子突然對他叫了聲，拉回銀的思緒。

「什麼？」他困惑地對上獅子的眼眸，下一秒，大樓內部傳來爆炸巨響。

隨著整棟大樓開始震動，俞思晴和少女的戰鬥也受到影響。

俞思晴抬起頭，立刻退回到銀身邊，騎在獅子背上。

「走！」

獅子張開翅膀，而俞思晴則是把雙刀換回弓箭，拉開弦，朝屋頂射出砲擊般強大的光束。

光束貫穿大樓，獅子順著攻擊路徑，直接飛入天空，在夜晚展開雪白的雙翅。

「出來了……」銀瞪大雙眼看著夜色，以及轉過頭來、朝他露出笑容的俞思晴。

沐浴著月光的俞思晴，看上去是多麼耀眼，幾乎讓他無法直視。

然而下一秒，從大樓內部伸出無數道黑色手臂，緊緊抓住俞思晴的四肢與身軀，將她扯下來。

「鈴！」銀見狀，伸出手想要拉住她，卻已經晚了一步。

被手臂綑住嘴，連聲音都來不及發出來，俞思晴就這樣與他在指尖相距不到一公分的地方，被詭譎的東西帶走。

第十章　組織內鬥（下）

Sniper of Aogelasi

「你確定你的線人還留在大樓裡嗎？」

「嗯，他說在植入病毒魔法後，他要直接從公司內部啟動，這樣才能成功毀掉主機。」

巴雷特和大神下凡潛入的地方，是位在三樓的辦公室，比起俞思晴他們那邊，這裡的巡邏警備並不多，甚至能夠大方在走廊上聊天。

漆黑的辦公室，氣氛顯得有些可怕，但內心的緊張，卻早已將恐懼拋在腦後。

「我話先說在前頭，你見到我的線人，可別嚇到。」

巴雷特覺得大神下凡從剛才開始就有些古怪，很明顯有什麼意圖。

「你為什麼認為我會嚇到？是會讓我感到意外的對象嗎？」

「哈哈，我敢保證，你一定會。」大神下凡忍不住大笑，「話說回來，我記得你說過組織內部也有你安排的臥底？」

「嗯，不過為了對方安全，我只有一開始跟他商量好計畫，並不打算見面。」

「你的計畫還真慎密。」

「面對奧格拉斯組織這樣敵人，光是慎密還不夠，若沒有取得等同的力量，是無法阻止他們的。」

「那麼你現在有那分『力量』了嗎？」

大神下凡瞇起眼，話中有話。

巴雷特非常確定，大神下凡知道的事情，並不比他少。

看來那個「線人」告訴他不少事。

「如同計畫。」

「所以與幻武使締結契約，能讓武器AI的實力變得更強，是事實？」大神下凡勾起嘴角，「既然如此，你為何不讓銀和小無也這麼做？」

「你不是知道理由嗎？」

「我是知道，但不知道你的理由。」大神下凡跳到他面前，彎下腰，對上他那雙銳利如刀刃的眼眸，「你是不想讓小鈴認識的人到奧格拉斯去吧？」

巴雷特的眼神變得更加可怕，看樣子被他說中。

「原來你不是擔心銀和小無的命，而是出自於忌妒之心。」

「那又如何？」巴雷特連反駁的意思都沒有。

大神下凡聳肩，「看來所謂的『神的代理人』，也沒那麼高尚。」

「你居然連我以奧格拉斯之神的身分巡視的事也知道？」

「呵，因為我的線人知道不少組織的祕密啊。」

巴雷特危險地瞇起眼，他原本就在懷疑跟大神下凡接觸的對象是誰，現在聽到他這麼說，又更加肯定自己的猜測。

「你那個線人，該不會是……」

話還沒說完，前方的獨間辦公室突然傳出巨響，接著有東西撞破牆壁，黑色的人影從牆上慢慢滑下來，全身癱軟倒在地上。

「糟！我們動作太慢啦！」大神下凡眼看情況不妙，連忙三步併兩步衝上前。

巴雷特從揚起的塵埃中，看見揮動武器的影子，以比大神下凡還快的速度，飛快步入塵埃，抬腿擋住攻擊。

對方的武器閃爍著雷光，因兩人的碰撞，塵埃瞬間吹飛，刻著咒紋的法杖顯現在巴雷特眼前。

「巴雷特，跑來攪局的果然是你。」男人不爽地彎起眉毛，手中的法杖被更強勁的雷電包覆，眼看情況不妙，巴雷特立刻把腿收回，往後跳開，保持距離。

手持雷電法杖的男人，穿著西裝，打扮得相當體面，與剛從公司下班回家的業務沒什麼不同。

只不過，這個看似普通的「業務」手裡，卻有著能至人於死的駭人武器。

「雷鳳跟冥門嗎？」巴雷特立刻認出這對搭檔。

這對搭檔是和他等級相同的「神的代理人」，既然會派他們出馬，就表示大神下凡的線人，能力在他們之上。

看來他猜的沒錯，組織的叛徒、大神下凡的線人，是組織高層。

「巴雷特，好久不見。」冥門將法杖舉起，閃爍的雷光，籠罩整棟大樓，「然後，再見。」

天花板降下落雷，巴雷特瞪大雙眸，立刻轉身扛起大神下凡，躲進雷電打不到的角落。

大樓再一次傳出巨響，牆壁剝落，碎裂的石塊筆直摔落至一樓。

「他是打算毀了整棟大樓嗎！」大神下凡張大嘴，久久無法回神。

沒想到對方竟然會做出這麼大的舉動，難道就不怕引起外界注意？

巴雷特看了看周圍，冷笑道：「他們當然不是有勇無謀的笨蛋，不知道什麼時候已經張開結界了，現在我們是在結界內的虛擬空間。」

「虛……什麼？」

「簡單來說就是跟你所認知的空間差不多，但在這裡所造成的破壞，並不會影響到現實世界。我們代理人都是用這個結界道具來處理叛徒的。」

「現在輪到我們？」

「恐怕是的。」巴雷特把他放下來，慢慢轉頭看向朝他們走過來的男人。

「我不知道你的線人在哪裡，但要是他沒躲過這傢伙的攻擊，恐怕早就沒命。」

「放心，我相信他有的是辦法。」大神下凡以堅定不移的態度回答：「他最擅長的就是潛伏，還有保住自己的小命。」

「巴雷特，你來得正好，這樣我們就能一口氣處理掉你跟叛徒。」不知不覺，冥門已經站在距離他們身後不到幾步的地方。

纏繞著雷光的法杖，再次凝聚起耀眼的光芒，眼看就要發動下一波攻擊。

巴雷特將大神下凡護在身後，正打算反擊，沒想到突然出現巨大的光束，從冥門腳底攻擊上來，瞬間就把他的身體打到不見蹤影。

兩人張大嘴，沒想到事情竟然會變成這樣，還沒回神，就看見有巨大的物體迅速從底下飛上來，沿著貫穿的痕跡筆直飛出大樓。

短短一瞬間，巴雷特看見俞思晴的身影，頓時清醒過來。

「小鈴？」巴雷特連忙衝向洞口，抬起頭，果真看見沐浴在月光下的獅子以及俞思晴的身影。

見到她平安無事，巴雷特鬆了口氣，此刻跟過來查看的大神下凡，也不由得驚呼。

「我老婆真猛！」

「總之，我們先從這裡離開。」

「從這裡？不好意思，我可不會徒手攀爬。」

「我會帶你上去的。」

巴雷特說完就拽住他的衣領，不讓大神下凡有反悔的機會。

然而兩人還沒挪動腳步，紫黑色的影子手臂沿著貫穿大樓的痕跡，「咻」的一聲從他們面前伸過去。

巴雷特和大神下凡被這突如其來景象嚇了一跳，接著就聽見頭頂傳來俞思晴的慘叫聲，下一秒，俞思晴就被手臂綑住身體，往大樓底下拖。

「小鈴！」巴雷特見狀，二話不說跟著跳下去，留下大神下凡。

大神下凡不知該如何是好，正好看見騎著獅子向下飛的銀。

「銀！」

「大神？」

兩人眼神交錯，注意到彼此，獅子也停下來。

「這是怎麼回事？」大神下凡用指責的目光瞪著他看。

銀扶著無力的手臂，大口喘息，「……抱歉，我沒保護好她。」

眼看銀受了傷，一臉自責的模樣，大神下凡也狠不下心責怪他。

「真是……受不了！一個個都這麼麻煩。」大神下凡跳上獅子的背，「總而言之，現在趕緊去找他們兩個人。」

獅子低吼了聲，似乎是在回應他。

兩人騎著獅子往下飛，想起剛才那幾條令人怵目驚心的手臂，大神下凡忍不住小聲碎念：「那到底是什麼鬼東西？」

「我也不知道，它出現得太過突然。」

銀低著頭，不知道是不是因為失血過多的關係，他的臉色變得越來越慘白，無力地往側邊倒下，掉落在其中一個樓層。

獅子感覺到背上的重量變輕，連忙停下來，回過頭往銀的方向飛過去。

大神下凡在獅子降落後，跳下來，扶起銀的身體。

「你再這樣下去會死的，我看還是先帶你去趟醫院比較好。」

「不、不行，鈴他們……」

「有巴雷特在，估計沒事吧。」大神下凡雖然擔憂，可是，他相信巴雷特絕對不會讓俞思晴受傷。

若說不動搖，絕對是騙人的，但他也清楚，現在的他們就算過去，也幫不上什麼忙，只會扯後腿而已。

跟兩人行動後，他們都徹底理解自己的無能為力。

銀握緊拳頭，雖然不甘心，卻無法否認大神下凡的決定。

當他們好不容易下定決心，打算先丟下兩人離開的時候，獅子像是發現什麼，猛然抬起頭，接著打開翅膀捲住兩人。

被翅膀包覆的下一秒，他們聽見轟隆巨響，接著就見到冥門的身影從天而降，不偏不倚地延著貫穿的路線，落在他們的面前。

他全身染著雷光，手裡的法杖傳出聲音。

「好險好險，差點就掛了。」

「那種程度還殺不死我們，別開玩笑。」

冥門自然而然地吐槽自己手中的法杖，面帶微笑地將視線轉移到獅子身上。

「不過，剛才的攻擊，可是喚醒了連我們都不想遇上的人啊。」

「你只是怕麻煩。」

「呵，當然。雖然不能跟巴雷特打，有點沮喪，但我也沒那個膽去跟他搶對手。」

冥門舉起法杖，指著在獅子翅膀庇護下的大神下凡與銀，「我就勉為其難殺了你們吧。」

大神下凡和銀同時察覺到冥門散發出的敵意，臉色鐵青。

獅子低吼著，露出尖銳的牙齒示威，但冥門卻不把牠放在眼裡。

「區區道具AI，敢威脅我？」冥門仰頭，冷冽的目光狠狠紮在獅子身上。

獅子流下汗水，身體微微顫抖，但沒有收起威嚇的態度。

冥門覺得有趣，勾起嘴角，「沒想到道具AI竟然能夠反抗我的威脅，看來我被小看了。」

「少說廢話，冥門，快動手。」法杖催促道：「我們沒多少時間跟他們鬼混。」

「等、等等！我們可是幻武使，你們真打算對珍貴的『祭品』出手嗎？」

「反正現在祭品數量已經足夠了，少了你們幾個沒什麼差別。」冥門邊說，手杖凝聚的雷光球體越來越大，幾乎要掩蓋住他們的視線。

無法反抗也無法閃避的他們，只能眼睜睜看著攻擊從他們的頭頂落下。

「神罰！」

獅子用自己的肉身將兩人壓在身下，刺眼的電光將視線完全遮蔽。

原本露出信心滿滿的笑容，認為手到擒來的冥門，突然變了臉色。

巨大雷光球體砸中的並不是獅子，而是一層透明的屏障。

那分力量，強大到輕而易舉就將球體瓦解，耀眼的光芒瞬間消失。

視線恢復正常，大神下凡和銀從獅子底下探出頭，搞不清楚是怎麼回事。

獅子搖著尾巴，很開心地盯著漆黑的大樓內側，同時也是冥門目不轉睛注視著的方向。

「……誰？」冥門皺起眉頭，相當不爽。

高大的身影搖搖晃晃地由黑暗中出現，慢慢來到月光照亮的地方。

他露出些許的畏懼，卻咬緊牙根，緊握著手中的蝙蝠翅膀法杖。

冥門手中的法杖感覺到對方的魔力，聲音沙啞地說：「奧多……你這叛徒……」

「誰是叛徒還不曉得呢。」法杖化作小金龍，拍著翅膀滯留在空中，菱形的瞳孔，透露出怒火，「我們現在已經不受組織的控制，就算你想威脅我，也沒有用。」

「奧多？難道是……小無？」大神下凡沒想到會在這裡見到奧多，立刻朝暗處看過去，果然見到膽怯的無緣人。

「太好了，幸好有趕上。」無緣人鬆口氣，露出笑容，「你、你們沒事吧？」

「差點就沒命了。」銀從另一邊爬出來，跪在地上喘息，「你是怎麼把奧多帶過來的？」

「我照你的話去找巴雷特，結果半路遇上奧多……只能說我的運氣真的很好。」

「看來你的好運並不單單只在遊戲中，現實也是。」大神下凡拍了拍他的肩膀，笑得很開心，「做得好，小無！」

無緣人受到稱讚，很開心地笑著。

另一方面，冥門的臉臭到極點。

「嘖……事情變棘手，這下可不妙。」冥門內心動搖，往後退了兩步，「但是我在他起動前就已經毀掉整個地方，不可能成功才對，為什麼——」

「呵、哈哈！還有什麼原因？不就是你失敗了嗎？」大神下凡雙手扠腰，挺起胸膛，勾起嘴角笑道：「我就說，憑你們幾個是阻止不了他的。」

冥門臉色一暗，火冒三丈。

任務失敗，會有什麼樣的懲罰在等待他，不用想也知道。

他絕對不會因為這種小失誤而止步於此！

「雷鳳！」

冥門一甩手，法杖化為藍色鳳凰，全身由雷電組成的牠，並沒有實體。

鳳凰拍翅飛在空中，與奧多對上眼。

「要準備戰鬥了，無緣人，你可以嗎？」奧多詢問身後的無緣人，確認他的決心。

無緣人很不安，可是在這樣的情況下，他別無選擇。

「如、如果我可以的話……奧多，請告訴我該怎麼做。」

「現在沒有時間跟你締結契約，但用不著擔心，我有辦法。」

奧多使勁將翅膀向下揮動，強大的風壓差點沒將在場所有人吹翻。

被風碰觸的同時，似乎到有股溫暖的東西，鑽進無緣人身體裡。

無緣人睜開眼，看著自己的雙手，驚愕不已。

「咦？什、什……麼？這是怎麼回事！」

大神下凡和銀瞪大雙眸，目不轉睛地看著無緣人的改變，說不出話來。

原本是現實面貌的無緣人，不知道中了什麼招，竟然變成遊戲內的角色。

「是『轉換』，我的特殊能力之一，能夠切換角色。」奧多轉了個圈飛回無緣人懷裡，變成法杖，落在他的掌心中。

聲音由法杖內傳來：「一般情況下，這招能將敵人吹離戰鬥範圍，然而那只是遊戲內的限制，少了《幻武神話》的操控，我能自由使用自己的招數。」

無緣人看著手中的法杖，嚥下口水。

「只、只要我用這副身軀，就可以使用技能了嗎？」

「沒錯。」

「……好。」無緣人握緊武器，重新抬起頭，對上冥門不悅的表情。

眼看無緣人自信滿滿，被點燃戰鬥欲望，冥門反而有些怯步。

「該死，奧多很難對付。」

「讓我來。」雷鳳說道，「把你的身體借給我，冥門。」

「啊，我知道了。」冥門朝牠伸出手，勾起嘴角，「可別輸給那條蠢龍。」

雷鳳眼神銳利，不疑有他，化作雷電進入冥門身體內。

冥門全身被雷電圍繞，髮色與瞳孔也轉變為美麗的淡藍光，臉上的表情與給人的氣氛，完全不同。

「來吧奧多。」冥門的口裡，傳出雷鳳的聲音，「我會在這殺了你。」

「好痛……」被黑色手臂拉回大樓的俞思晴，趴在冷冰冰的地面，清醒後只覺得全身的骨頭都快散了，疼痛不已。

她慢慢撐起身軀，抬頭看著自己打穿的痕跡。

月亮不知道什麼時候隱藏在雲裡，只留下些許的光源，能夠照射到底下的光線更是少得可憐。

俞思晴搖晃著站起來，從系統內叫出螢光蟲，讓牠朝周遭飛一圈，好確認自己的所在位置。

看來她似乎不在一樓，這裡和她剛進來的地方不同。

往前踏出一步，她聽見腳下傳來玻璃碎裂的聲響，低頭看過去，赫然發覺自己竟然踩在懸空的玻璃片上面。

底下是種植花圃的庭院，從高度來判斷，大概有兩層樓左右。是大神下凡的線人所在的辦公室樓層。

她試著再往前走，發現玻璃龜裂的痕跡越來越大，害她不敢輕舉妄動。

雖說現在的她已經不是普通人，但那也只是身體上，心裡她仍是畏懼高度，害怕自己隨時會丟掉性命。

「小鈴！」巴雷特出現在螢光蟲照亮的地方，他看到俞思晴站在如此危險的地方，內心擔憂不已。

「妳等等，我馬上過去。」

「別別別！拜託你別這麼做！」俞思晴連忙阻止，深吸口氣，「我會用『疾步』衝過去，所以你別添亂。」

巴雷特點點頭，朝她伸出手。

知道他是在暗示她過去，俞思晴吸口氣後，正打算使用技能，沒想到底下突然又冒出幾條黑色手臂，以她為中心點撲過去。

俞思晴向下墜落，還以為自己要摔成肉泥的時候，巴雷特出現在她眼前，將她橫抱起，安然無恙地踏在花圃上。

但是，布滿頭頂的黑色手臂卻轉個圈後垂直落下，張牙舞爪地撲向兩人。

巴雷特嘖了聲，鼓起臉頰，從嘴裡射出子彈，貫穿手臂。

手臂被打散，卻又迅速集中，絲毫不受影響。

俞思晴用力拍他的胸口，催促道：「巴雷特，快變回武器！」

「小晴？」

「快點照做！」

巴雷特雖然不明白俞思晴有什麼打算，但還是順她的意思，變回白色狙擊槍。

俞思晴單膝跪地，迅速舉起槍，扣下扳機。

「流星雨！」

無數子彈貫穿手臂，把手臂打得稀巴爛，可是與剛才相同，沒有太大功效，手臂很快又再凝聚起來。

「疾步！」

俞思晴趁著手臂還沒完全癒合之前，找出空隙，在空中跳躍著鑽出包圍圈，回到三樓。

緊抱著白色狙擊槍，單手扶著地面，滑了一圈後，確認方向，立刻逃走。

「原來如此……小晴，妳反應真快。」

「我是看到你朝它們開槍，才想到這個辦法的。」

剛才的方法雖然危險，卻是脫險的唯一辦法。

花圃周圍是水泥牆，根本沒有地方可以逃跑，那幾條手臂就是打算把他們逼到死路，她可不想如它們所願。

「那到底是什麼？巴雷特，你知道嗎？」

「不，我不知道。」

「竟然連你都不知道……」

出乎意料之外的敵人，打得他們措手不及，也找不到辦法。

「你跟大神下凡順利把線人平安帶出來了沒？」

「沒有，我們還沒來得及找到人，他就被炸了。」

「所以我在底下聽見的爆炸聲……」俞思晴悲傷地垂下眼眸，「我本來不希望有任何人犧牲的。」

「這是場戰爭，小晴。」巴雷特認真對她說，「妳必須習慣。」

俞思晴緊咬下唇，來不及感傷，前方很快就被手臂擋住去路。

它們就像藤蔓，將前方的路圍起，俞思晴趕緊剎車，拐向左邊。

「這樣下去會再次被它們引導到死路，得想個辦法。」俞思晴很清楚這些手臂擁有智慧，它們的行動是有計畫性的。

俞思晴想了下，朝天花板開槍，跳上四樓。

果不其然，才剛上去，手臂就迎面撲過來，雖然俞思晴連忙用槍身防禦，卻整個人被撞飛到後方的落地窗。

窗戶破碎，伴隨著落下的碎片，俞思晴摔回三樓天臺。

「痛！」俞思晴慢慢撐起身體，身上滿是被玻璃劃傷的傷口。

「小晴！沒事嗎？」巴雷特慌張追問。

「我沒事。」

俞思晴才剛開口回答，一抬頭就又看見手臂朝她衝過來。

連防禦都來不及，俞思晴只能害怕地閉上雙眼。

「咚」的一聲巨響，手臂捲成的粗壯柱體被從空中落下的人狠踩在腳下。

手臂向下凹陷，連同碎開的地板墜落。

身影收回腿，輕巧地踏步在地，雙手放在口袋，看起來頗輕鬆。

巴雷特一見到對方，驚愕不已，甚至不自覺地從武器變回人形。

雖說他早猜到有這個可能性，然而親眼確認後，仍舊不敢置信。

「真是狼狽，巴雷特。」男人摸摸下巴，脫下被炸得稀巴爛的西裝外套，拉開領帶，露出鎖骨。

「這話輪不到你來說……夏尼亞。」巴雷特將俞思晴攙扶起來，垂眼道：「大神下凡所說的線人果然是你。」

「你看起來似乎早就知道，真不有趣。」

「這種事不值得慶幸吧，你性格還是老樣子令人厭惡。」

相較於已經知情的巴雷特，俞思晴一臉驚慌，不斷眨眼。

「什什……什麼？現在是怎麼回事？」

「冷靜點，小晴。」巴雷特輕拍她的腦袋瓜，安撫道：「這傢伙就是大神下凡的線人。」

「線人？所以說潛伏在組織裡，一直暗中幫助我們的人是——」她張著嘴，指向那個曾經威脅過她的男人，詫異地大喊：「居然就是《幻武神話》的遊戲製作人，夏尼亞嗎！」

夏尼亞冷著臉，面無表情。

巴雷特則是無法否認地嘆口氣，回答：「是的，就是他。」

——《奧格拉斯之槍04遊戲製作》完

後記

Sniper of Aogelasi

各位好，我是依舊過著寫稿日常的墨鏡終結草。

會取這個名字，不用說，是因為很多讀者跟我反應墨鏡破了不少叫我繼續破壞，因此我決定讓自己掛上這個名號，想被我閃瞎或者甜到牙疼的人就入我坑草教，一日入坑，永不抽身。

（以上只是邪教拉人的宣傳詞，請大家無視）

（因為本集的奧槍並沒有太多閃光畫面）

奧槍劇情已經來到第四集，除了要開始收尾之外，很多祕密身分也將揭曉，另外還有戰鬥畫面當然也不會少，畢竟這部作品再怎麼說也算是戰鬥系的小說，再說主角兩人還有BOSS得打，不展現一下兩人的戰鬥力怎麼打BOSS呢？除了他們以外，這集會出現不少武器ＡＩ搭檔，每個搭檔都滿有趣的，我自己私下設定也寫了不少，意外地很喜歡這樣的雙武器ＡＩ搭檔組合，我果然還是很愛寫「搭檔」故事。

相信看完這集，大家應該會開始期待最後一集，該說的祕密差不多都爆出來了，剩下來的只有還未現身的奧格拉斯神，請各位不用擔心，神的登場一定很帥，交給我吧。

今年的我會努力把第五集寫完，讓奧槍有個美好的結局，敬請期待！

我們下集後記見。

草子信FB：https://www.facebook.com/kusa29

草子信

高寶書版集團
gobooks.com.tw

輕世代 FW270
奧格拉斯之槍04

作　　者　草子信
繪　　者　arico
編　　輯　林紓平
校　　對　任芸慧
美術編輯　彭裕芳
排　　版　彭立瑋

發 行 人　朱凱蕾
出　　版　英屬維京群島商高寶國際有限公司臺灣分公司
Global Group Holdings, Ltd.
地　　址　臺北市內湖區洲子街88號3樓
網　　址　www.gobooks.com.tw
電　　話　(02) 27992788
電　　郵　readers@gobooks.com.tw（讀者服務部）
pr@gobooks.com.tw（公關諮詢部）
傳　　真　出版部 (02) 27990909 行銷部 (02) 27993088
郵政劃撥　19394552
戶　　名　英屬維京群島商高寶國際有限公司臺灣分公司
發　　行　希代多媒體書版股份有限公司/Printed in Taiwan
初版日期　2018年5月
二刷日期　2018年5月

國家圖書館出版品預行編目(CIP)資料

奧格拉斯之槍 / 草子信著.-- 初版. -- 臺北市：
高寶國際, 2018.05-
冊；　公分. --

ISBN 978-986-361-513-2(第4冊：平裝)

857.7　　107003450

三日月書版

三日月書版

GOBOOKS
& SITAK
GROUP